中公文庫

どくとるマンボウ航海記

増補新版

北　杜夫

中央公論新社

目次

どくとるマンボウ航海記

増補新版

私はなぜ船に乗ったか

マダガスカル島にはアタオコロイノナという神さまみたいなものがいるが、これは原住民の言葉で「何だか変てこりんなもの」というくらいの意味である。私の友人にはこのアタオコロイノナの息吹きのかかったにちがいない男がかなりいる。一人は忍術を修行しようとして壁に駆けのぼり、墜落して尾骶骨《びていこつ》にヒビをいらした。一人はリンゴを三十八個むさぼり食って自殺を企てた。一人は学者としておとなしく講義でもしていればいいのに、スパイになりたくて汲々としている。こういう連中がいなかったなら、私は船になんぞ乗らなかったかも知れない。

先年、私はドイツ国に渡ろうと思い、まず神妙に留学生試験を受けたところ、文部省当局は私を書類選考でふるい落した。私はフンガイし、それならば選考委員をだまくらかすため節を屈して論文のひとつも書くかと思案していたところ、Mという男が私に知恵をつけてくれた。

Mは私の勤務している医局の先輩で、ちょうどニューヨークの或る病院に一年勤めて帰ってきたばかりだったが、これは彼の初志に反することで、本当はもっと世界を放浪するつもりだったらしい。渡米前、彼は研究室にこもりガラス管をいろんなふうにひんまげ、一方の端にさした煙草の煙がフラスコを満たした水中をくぐる装置を作りあげた。彼がいうには、これぞ中国伝来の水煙草であり、肺癌におびえるアメリカ人は争ってこれを購《あがな》うであろう。そして一心不乱にボコボコ水音を立てながら一日じゅう煙草をふかして実験している光景はたしかに一見するに価するものであった。彼が一年くらいで帰ってきてしまったのは、この苦心の水煙草の装置が予期に反して少しも売れなかったためであるらしい。そのMが私にこう言った。

「あんた、船医になったらどうだ？　そうして、向こうに着いたらスタコラ逃げちまうんだ」

　それは天才的な考えだ、と私は言った。ぜひそうしよう。

　しかし君は向こうに行っても研究なんぞする気はないのだろう、と彼が訊いた。どうするつもりだね？

　精神薄弱児施設に手紙を出してあるんだ、と私は言った。そういう相手ならきっと僕に親近感を抱くだろうからね。

　なんという頭の良さだ、と彼はうなった。

そこで私は、すっかりこの計画に満足し、早速ノコノコ或る船会社に出かけて行った。

　ところが敵もサルモノである。応待にでた係長は、私が船は未経験だから試しに一航海乗せてもらえないかと述べると、それでは困る、なにしろ見物が目当てですぐやめてしまう医者ばかり多いので、当方としては最低三年の契約をして貰わねば、とまるでこちらの魂胆を見すかしたような話であった。そのでっぷりした係長は、契約という言葉をいかめしく何遍も使用した。話を聞きながらも私は、たいへん駆足の苦手な私がどこか見知らぬ異国の波止場を一生懸命ドタバタと逃げてゆき、この肥満した男が片手に契約書をふりかざして凄じい勢いで追っかけてくる幻想に悩まされた。あまつさえこの係長は、私が自分は神経科の医者なので手術は苦手だと本音をもらすと、うちは貨物船が多いですから荷下ろしのときなど怪我人が多い、指がちょんぎれる、足がちょんぎれる、頭が割れてしまうのまである、などと私をおびやかしさえしたのである。

　そんなことがあってから、去年の十一月になって全く唐突に、水産庁の漁業調査船が船医を捜しているという話があった。その船は大西洋でマグロの新漁場開拓を行ない、欧州をまわって帰ってくる予定だが、もう数日後の出港で、まだ医者が見つからない。何科の医者でもいい、インターン生でもかまわぬという。なにぶんあまり突然の話ではあり、しかも一日二日のうちに決めなければならないのだから、正直のところ私も躊躇した。私にしたって勤めは持っているし丸っきりの風来坊ではないからである。ところがMをはじめいろんな連中が面白がって私をたきつけた。これだけ寄航地の多い船にはすぐ乗れるものじゃない、逃げる逃げないは別として、まあ今度はブラリとあちこち下見をしてきたらいい、それにマグロがたらふく食えるじゃないか。たしかにその船は、シンガポール、スエズ、リスボン、ハンブルク、ロッテルダム、アントワープ、ル・アーヴル、ジェノヴァ、アレキサンドリア、コロンボと寄る予定で、いささかの見物はできそうである。

水産庁に電話をしてみると、向こうでは大喜びで、実は乗ることになっていた医者が都合でやめてしまった、ようやくやはり神経科の医者を捜しだしたところ医局の許可がおりずこれもダメになってしまった、そんなことでもう半月も予定がのびているが、これ以上はのばせないからドクターなしで出港しようと考えていたところだという。結局私は自分でも半ばアッケにとられているうちに、なんとなく乗ることに決めてしまったようだ。私のいる医局では翌春教室主催の学会をやることになっており、果して許可してくれるかどうか危ぶんでいたところ、教授は人間を見る目を持っている人で私のことはすっかり諦めていたらしく、意外に簡単にオーケーになった。なにしろ私はもう何年も医局にいるくせに論文一つ書こうとはしないのである。医局にいると大抵心理とか病理とかの研究室に配属され、いやでも共同研究か何か押しつけられてしまうものだが、私はそんなものを命じられぬよう、小部屋の一隅に『宇宙精神医学研究室』なる看板をかかげ、自らその主任と称し、そこに隠れて空とぶ円盤の書物なんぞばかり読んでいたのである。

その他の障害も案外スムーズに片がつき、いよいよ船に乗りこむことに決定してしまったとき、私はかえって慌てだした。出港まであと三日しかないのである。私は、いくらなんでもこっちだって準備があるからせめて二三日出港を延ばして貰えぬかと交渉したが、これがてんでダメであった。ゆっくり考えられて又ぞろやめたいなどと言いだされてはかなわぬと役所でも考えたのかも知れない。

ところで照洋丸というその船の大きさであるが、最初私が聞いたときは八〇〇トンばかりとのことであった。これはちっとばかり小さいなと思っていると、水産庁の役人の話ではそれが七〇〇トンとなり、船長の話では六一〇トンとなり、役所で貰ったパンフレットによると六〇二トン九五と書いてある。どうも段々と小さくなる。このぶんではいざ実物を見るときにはポンポン蒸気くらいに縮小してしまいそうである。

しかし、船を見に東京湾まで行くと、照洋丸は白く塗られたなかなか瀟洒な船で、ちゃんと鉄でできていた。もっともさすがに大きくはなく、翌日出港するという宗谷《そうや》の傍《そば》を通ったときはそれが小山のように巨大にみえた。医務室もなかなか完備しているが、船医の居室には正直のところガッカリした。いくら狭くても個室が貰えるものと思っていたのに、二段ベッドの二人部屋だったからである。幸いなことに、同室の三等航海士《サード・オフィサー》は、ときにフカのごとき不気味な目つきで人を睨む悪癖を有するほか、極めて気持のいい男であったのは悪魔のハカライというべきで、海上では船が全世界であり、個人の世界は居室だけに限られるから、万一カンシャクもちでネゴトもちでヤブニラミでキンキラ声の、かつ大ボラフキでオセッカイでカサッカキでダッチョウの男なぞと一緒になった日には、そのユーウツさは比類ないものであろう。もっとも贅沢は言えぬので、士官《オフィサー》を除いた一般船員はみんな船底の大部屋であり、ここでは個人的生活はわずかにカーテンをおろした寝棚ひとつの面積に限られている。

さて、それからの三日間というもの、怠惰なる私にとってはまさに世界の終末がきたかと思われた。なにしろ私はめったに床をあげぬほど無精者なので、手際よく荷物をつくりあげるなどという芸当は生れつき不可能なのである。私はカバンの蓋など開け、その中に幾冊かの書物と衣類をつめこんだが、それだけで疲れてしまい、すでに半分ほど飽きてしまい、果ては茫然としてマンガなど読みだす始末であった。しかるに航海の経験をもつ連中が現われて、いろんなことを言う。そのたびに私は、インド洋はさぞかし暑かろうと半ズボンなどをつめ、冬の北大西洋はさぞかし寒かろうと登山に使うヤッケなぞをつめた。「なだいなだ」というふざけたペンネームを有するHが現われ、いいかね、山みたいな大波がくるぞ、コップでも何でも忽《たちま》ち木っ端ミジンだ、などと大仰《おおぎょう》なことを言うので、私はわざわざ金属製のコップ、灰皿などを買いこんだ。Aという心理学者で国際ゴロみたいな男が現われ、フカを機関銃で射つのは面白いぞと教えてくれたが、機関銃を買いこむわけにはいかず、ただ彼が船中で飲むコーヒーのいかに美味であるかを力説するので、わざわざネスカフェーなど買いに出かけた。その間、私はそれまでの勤務にカタをつけねばならず、船の検疫と予防接種に立会ったり、海運局で船員手帳を貰ったり、夜は夜で飲みに出かけなければならなかった。私は支度金をもらったので、カメラやナイロンシャツやボールペンなどを購入し、すっかり物持ちになり、荷作りは益々面倒なものになってきた。あまつさえMが現われ、もっとこまごました日用品が大切だ、そんなもので向こうで金を使うのが一番つまらんぞと言うので、歯ブラシ、鼻紙など商売できるほど買いこみ、ほとほと途方にくれ、こまごましたものなんて考えだせばキリがないから、しまいにはカンシャクを起し、もう何がきたってこれ以上入れるものかという気になった。

しかし彼等はなかなかいいことも言ってくれた。Mは、ミヤゲなんて買わずに一杯でも多く酒を飲めと言った。それからスケッチブックを持ってゆけとも言った。スケッチなどする閑《ひま》はないだろうというと、いやいや、長い航海ではのんびりスケッチなどしないと時間を持て余す、写真と違ってまた格別の味わいがある。私はなるほどと思い、画用紙と鉛筆を羊に食わせるほど買いこんだが、結局一枚の絵も描きはしなかった。またAは、ミヤゲに風呂敷を持ってゆくといいと言った。そんなものさらさら持ってゆくつもりはないと答えると、いやいや、外国の街を歩いていてひょっと思いがけない親切を受けるときがある、御礼しようとしてもこっちには金がない、あっても金ではまずいことがある、そういうときにやるには絹の上等なものを買ってゆく必要はない、百貨店などでくれて使うにも始末に困る奴を集めてゆくがいい。私はなるほどと思い、貰い物の風呂敷を何枚か持参したが、これもちっとも効果的に使いはしなかった。と言うのは、いざそれをあげたいと思う女の子などに会ったときにかぎり私は風呂敷を持ちあわせていなかったからである。私はけしからぬエジプトのパイロットなんかにそれを与える羽目になったり、思いがけず世話になった日本人のところに致し方なく置いてきたりした。そういう日本人のお宅では、ミヤゲに持ってきた風呂敷というからには恐らく上等のものと考え、あとで見ればデパートのマークなんぞあるのでさだめしアキれたろうと思うが、これは私の責任ではない。

　辛うじて十一月十五日、出港の二時間前になって、私は行李とトランク二個をフウフウ言いながら船に運びこんだ。それをほぐしたり並べたりしていると早くも時間である。この三日間でクタクタの上に少し酔っぱらっている私には感慨なんて起りようがなかった。それでも無数のテープが潮風になびいて音を立てたときにはちょっといいものだなと思ったが、じきにこれは大変間の抜けたことであることがわかった。なぜなら曳船にひかれた船は容易なことでは岸壁から遠ざからず、その間見送り人も船の者もテープを抑えたり手をふったりしつづけねばならぬので、終いにはすっかり手がくたびれてしまうのである。いっそのこと、双方でロープかなにかをエイエイ曳きあい、敗けたほうがザンブと海に落ちこむことにしたらどんなものであろう。

ともあれ、こんなふうに私は、自分でもオヤオヤと思っているうち、日本を離れてしまった、と人は思うだろうが、実はその翌日ちゃんと新宿の裏町を歩いていたのである。船はその日の夕方千葉の館山に着き、ここで米を積みこむため一日半停泊することになった。館山に近づくころになると、船の非番の連中は汽車の時間を調べて帰宅の用意をはじめた。なかには家にほんのちょっと寄るだけですぐまた汽車に乗らねばならぬ遠距離の者もいる。そのくらい海で暮す人にとっては陸と家が貴重なものになっているのだろう。こんなところから帰ってゆくなどとは考えてもみなかったから、どうしたものかと迷っている私にむかって主席航海士《チーフ・オフィサー》が言った。

「ドクター、海に出てしまうとね、あのときもう一晩畳の上で寝ておけばよかったとあとで思いますよ」

私はこの言葉に感心し、その夜おそくノコノコ東京に戻ってきた。翌日新宿をぶらつき、はじめてノンビリした気分になり、映画を見たりパチンコをやったりした。そうしていると、なにか密入国でもしたみたいな、へんに擽《くすぐ》ったい気分がつきまとってくる。なにぶん今度の航海はだしぬけに決ったのでごく一部の人にしか知らせることができず、おまけに私はホラ吹きなので友人の大半は信用せず、ひどいのになると私が帰ってきてからも「マグロ船に乗ったそうだが本当か？　そこらに隠れてたのじゃないか」などと言われたが、事実は一日だけ余計日本にいたのである。

このとき私は誰にも戻ってきたことを知らせなかったけれど、Ａにだけは或る用件を思いだして電話をかけた。電話口の向こうで、さすがにビックリしたような声が叫んだ。

「なんだ？　もう逃げちまったのか！」

これが海だ

今度こそ日本は本当に遠ざかって行った。しかし、やはり感慨など起す閑はない。私は自分の荷物をようやく片づけ終り、隣りの医務室の点検をはじめた。タイルの床には船が持ってゆくミヤゲ物の箱や薬品の箱が積みあげられ、大げさに言えば足の踏場もない。まだ何がどこにあるかも皆目わからない。医務室には一坪足らずの小部屋がついており、薬戸棚とベッドが一つあるが、そこもいろんな箱で一杯で、その間にこの船がハワイに行ったときのヤシの実がひとつ、もう茶色に乾からびてころがしてある。

大きな汽船はいざ知らず、航海中の船は相当に騒々しいものだ。殊《こと》に医務室は場所がわるく、エンジンとスクリューの響きがじかに伝わってきて、手術台はぶるぶる震え、ドアはひっきりなしにカタカタ鳴っている。小部屋のベッドは病人用のものだが、震動と噪音《そうおん》のため、こんな所に寝たら陸の病人ならたちまち悪化してしまいそうだ。私は戸棚の引出しを点検し、箱につまった予想外に多い薬品を調べ、注射器やガーゼを消毒し終ってはじめて落着きをとりもどした。私のことをすべてデタラメな男と思う者があったら豚に食われるであろう。そうしているうちにも早くも幾人かが薬を貰いにきたが、船医なんてもうメチャクチャに閑であると聞かされていた私にはちょっと意外であった。聞けば長い航海に出る前にはこれが最後と夜ふかししたり酒を飲んだりする者がいるので、腹くだしとか風邪ひきとか、出港の日には必ず病人が多いとのこと。

すでに夜になっていて、デッキに出てみると周囲は真暗である。船全体が意外に暗い。明るくしておくと視界が利かないため灯火はみな遮蔽してしまうからである。黒い海上を暗い船がゆったりと上下しながらなかなか堂々と進んでいる。船首にかきわけられた波が白く泡立ち、湿っぽい風が耳元をすぎる。やがて、右手の水平線上にほそい三日月がかかり、ひとすじの銀光を黒い海面に流した。そうして潮風の匂いをかぎ、船体がゆったりと傾き、のしあがり、沈むのを感じていると、はじめて或る種の感動が私の胸に湧きあがってきた。

翌日、次第にうねりが大きくなってきた。日本の方角は雲がたむろし、島があるようでないようで判然としない。前甲板は完全に波に洗われている。船首に波がぶつかってくだけちると、それが無数のしぶきになって船上を横切る。波は遠くの方は泥か粘土の造り物のように見え、近づくにつれて生きてのたくって躍っている。日が雲に隠れ、また現われ、それにつれて海面は刻々に変化する。その変化は千様であり、山のそれよりももっと素早く、また荒々しくとりとめなく、一定の規範を有しない。私はしぶきのこない船尾の甲板に出て、潮騒と風の唸りを聞き、溶岩のうねりのように湧き立つ波頭を長いこと見つめた。それは原始の溶鉱炉で、最初の生命がこの地球上に生じてきた場所にいかにもふさわしく、重々しく鉛色に湧きかえっている。金具や索具に塩の結晶がこびりついており、指が塩っぽく、特有のねっとりした感じになる。船室に戻ると、潮の香が身体全体に沁みついているのがはっきりとわかる。

私は今や広漠とした海の気をあびて大いに嬉しくなり、たちまちにして一つの詩のごときものをひねりだした。

　これは海だ
　海というものだ
　ああ　その水は
　塩分に満ちている

さすがに私はこの出来栄えには感服しなかったので、今度はもっと本物の詩を、凄愴《せいそう》なまでに美しいブレーズ・サンドラルスの詩の一節を口の中で呟いてみた。

血だらけのけものの体を
夕方
海辺づたいにひいてゆくのは　このおれだ
おれが行くとき
波間から無数のタコが立ちあがる
夕日だ……

（なだ　いなだ訳）

サンドラルスは我国ではあまり知られていないが、これこそアタオコロイノナの申し子みたいな男で、放浪にあけくれた彼の生涯自体が、すでにホメロス的な巨大な作品なのである。彼が旅した無数の土地、彼が経験したすべての商売を書きならべただけで、それこそ何ページも費やさねばならないので、ここではそんな真似はできないが、一八八七年パリに生れた彼が最初にエジプトにいた父のところに旅したのは生後五日目のことだった。ニキビのできる年頃になると変なマダムに花束を捧げたりなんぞばかりしているので、父にアパートの七階の部屋に幽閉されてしまったが、軽業師《かるわざし》そこのけにバルコニー伝いに脱出してしまい、汽車に乗りこむと車中で会った変てこな行商人の相棒になり、ロシア、アルメニア、中国などを行商して歩いた。それ以来彼はもう家族の顔を見ないし定まった居住地をもったことがない。たとえばフランスで養蜂をやっているときにも二十八回転居をした。ロンドンのミュージックホールで手品をやっていたとき、同じ舞台でアルバイトにピエロ役をやっている医学生がおり、楽屋でショウペンハウエルなぞを読みふけっていたが、その名はチャーリー・チャップリンと言った。カナダではトラクターの運転手をやり、米国に渡るポーランド移民船で何回も大西洋を往復し、ニューヨークではルンペンをしながら図書館に通った。彼は以前作った自分の詩がアポリネールによって剽窃《ひょうせつ》されたりしてもてんで意に介しはしなかった。第一次大戦が始まると従軍し、兵士たちがどんな具合にオシッコするかとか、イビキと砲弾の関係とか、そんなことばかり観察していた。そのとき右手を失ってしまったが、ますます転々と職業を変え、ジプシーの群に投じたりアマゾンをさかのぼったり、もうあとは書くのも大儀である。

　彼はこうした放浪の合間に発作的な勢いで作品を書いているのだが、六十歳を迎えると、おれは自分が作家としての才能があることにいま気づいたと宣言し、なだ君によれば、最近も彼はとんでもないエネルギーで続々と新作を発表している由《よし》だ。いかにも彼らしいのは、どの本を見てもその著作目録の末尾には次の一行がつけ加えられていることである。

「あと三十三冊準備中」

船に乗ることになったとき、やはり気になったのは船酔いのことである。果して自分が船に強いのか弱いのか全然わからない。六〇〇トンの船では相当揺れるものと覚悟せねばなるまいが、ドクターが真先にぶっ倒れてしまってはあまり見っともよい図ではない。そこで昔海軍の軍医であった知人に電話をしてみた。

「いやあ、それはやっぱりやられますよ。私なんか最初のうちはベッドの傍にドラム缶を持ってこさせて吐き通しでしたよ」

これはイカンと私は思い、もう一人、これは空母に乗って真珠湾などに行った親戚の者に訊いてみた。

「大きな空母で平気になっててもね、また小さな駆逐艦なんかに移るとやられるね」

その小さな駆逐艦とはどのくらいかと訊くと二千トンとのこと、こいつはますますイカンと私は考えた。

一万トン近くの貨客船で大圏コースを通り太平洋を往復したMは、強情にも俺は酔ったとは絶対に言わなかったが、

「船なんて、あんた、ヤブレカブレのものだぞ。アリューシャン近くになるとがぶりやがってな、サロンの椅子は倒れる、皿はとぶ、ところがそうなってもエンジンの奴ゴトゴト

ゴトゴト一向にとまらないんだね。たまには休んでもいいと思うんだが、どんな波がきたっておかまいなしだ。ひどいもんだよ。俺はもうアキレはてたよ」

ここに至って私はついに覚悟を決めた。

出港して二日目、もう新米のボーイが廊下にうずくまってゲロゲロやっており、私はまだ何ともないので、チョッピリ自信がついた。船にはそのほか三名の初航海者がいたが、やがて食席につくたびにその人たちの姿が見えなくなったので、もう少し自信がついてきた。荒天のときは食器が落ちぬようテーブルに木の枠がとりつけられる。私はさすがに食欲こそなかったが、ヨガの秘法であるコブラのポーズ、獅子のポーズをし、アラーの神、マヤの精霊、インカ帝国の太陽神インチ、マサカアカツカチハヤビアメノオシホミミノミコト、ギリシャの恐るべき巨人エンケラドス、さては古代ペリシテ人のダゴンなどに祈り、一度だって欠食しなかった。それでもそのうち自分もやられるだろうと決めており、今か今かとそれを待っているような状態であった。

沖縄に差しかかろうとした午前中、素晴らしい日和になった。海はどこまでも平たく群青にひろがり、油絵具を溶かしこんだような鮮やかさである。館山を出て以来、前甲板はずっと波に洗われていたので、こんな静かな海になると、なんだか嘘みたいな悪いみたいな気分である。アッパー・ブリッジに仰向けに寝そべると、澄みわたった空があり、白雲がたむろし、マストはごくゆったりとかしぐきりで、船はまったく静止しているとしか思えない。ただ静かにゆるやかに揺籠《ゆりかご》のごとく私をゆすぶってくれる。

ところがこれが海のみせるペテンであり、この日の夜半から果然シケ模様となった。二時すぎごろ、ウトウトしていた私は、けたたましい物音で目を覚ました。周囲はおそるべき騒音に満ちている。隣りの医務室でなにか金属のぶつかる音、さらに廊下をへだてた炊事室の方角でセトモノの砕けちる音、そういう音響が船窓に波のぶつかる音や間断ないエンジンの響きに入りまじり、とても寝ているどころの騒ぎではない。私は二段ベッドの上の段にいたが、カーテンをめくってヒョイと下を覗くと、床一面に棚や机から落っこちた書類や鉛筆などが散乱している。机上の物品は船のローリングにつれて、右に左に猛烈な勢いで辷《すべ》って行ってぶつかりあい、床の上に転落する。まさにゼウスが雷電を投げて巨神どもと大戦争をぶっ始めたごとき騒ぎである。

さらに医務室で凄じい音がつづくので、私は起きて行ってドアを開けてみた。するとケシカラヌではないか、タイルの床一面が水である。船のゆらぐたびに排水口から海水が逆流し、そいつが船の傾斜につれてザブンザブンと波打っている。手術台の上にかけておいた私のズボンがその中を漂い、重い消毒器がものの見事に転落して底を向けている。一方の隅に重ねておいた木箱は全部辷りだしていて、大きな手術用のライトが首をふるたびに気がチガいそうな音をたてて手術台にぶつかる。私はしばらくアッケにとられてこの光景を眺めていた。それから気をとり直してビショ濡れのズボンを拾い、消毒器を起し、割れたビンを拾いあげた。ライトの奴はどうしても首をふるのをやめぬので、私は処置に窮《きゅう》して床の上にころがしてしまった。次の日こいつは紐で永久に解けぬくらいガンジがらめに縛りあげてやった。部屋に戻るとここも雑多な転落物で収拾がつかない。私は途方にくれて、下の段に寝ているサード・オフィサーを覗きこんでみた。すると破廉恥にもこの男は、牛一頭呑みこんだバイソンがとぐろを巻いたごとく、何もかもてんで気づこうとせずに寝入っているではないか。左様《さよう》か、と私は思った。どうやらこんなことは当り前のことらしい。それでは慌てるだけ損である。私は自分もベッドに這いあがり、あとはどうともなれ、物すべて砕け散るがよい、と甚《はなは》だ残忍な心境になった。

　翌朝、動揺はいくらか収まったが、それでも船窓から見ると小山のような波がうねっている。起きだしたサード・オフィサーは舌打ちをし、そこらに散らばったものを片付けにかかった。少しは工夫して置くかと見ていると、棚の上に元どおりに無造作にのせる。あれではどうせ同じことだろうと思っていると、そいつは間もなく再度転落した。彼は舌打ちして元にかえす。そのうちに揺れの角度が異ってきたのか、もう落ちなくなってしまった。なるほど、と私は感心した。

　低気圧が前方にあり船はそれを追って進んでいるため、この時化《しけ》は当分つづくとのこと。気づいてみると、私はまだ酔っていなかった。ボーイにブドウ糖を注射してやったり（これはシケのさなかではちょっとした技術を要する）、他の船酔いの人たちに薬を与えたり、怪我の治療（これはただ赤チンを塗っただけ）をしてやっているうち、私は完全に自信を得た。何のタタリか私は船に強いのである。私はこうなったらヤでもテッポウでも飛んでこいという気になったが、するとそれは本当にとんできたのである。

　船に乗ると大抵の者が胃腸の調子がおかしくなる。最も多いのは便秘で、サード・オフィサーはいみじくも、これは船が揺れるので腸が蠕動《ぜんどう》を怠けるのだと説明した。シケがつづくとさすがに不眠がちになるもので、或る真夜中、私は腹がはるので半ばモーローと起きだし、医務室に行って下剤を捜しだした。それは平生処方したこともない薬だったが、私はネボケマナコで説明書を読み、大ざっぱに分量をはかって飲みおろした。神よ悪魔よ、私は十倍散と百倍散をとりちがえ、普通量の十倍をのんでしまったのである。後にこの話を聞いた船の者が言った。「本船の下剤はトクベツ強力なんです。前のドクターのときも、普通より少な目にしてもらうんですが、それでも大抵たいへんなことになっちまったものです」

　その十倍量を使用した私がどんな情ない目にあったかはおして知るべしであろう。

しかしながら、私は五カ月半の航海中ただの一度も吐かなかったのだから、人はここで私が少しく大きな顔をして船酔いについて記述するのを我慢しなければいけない。

船酔いには薬もあるけれど、どれも決定的な効果は期待できない。英国での実験に、まず被験者にタラフク御馳走を食わせ、ついで各種の薬をのませ、それからボートに乗せて機械で大波を起してやると、やがてみんな凄じい形相になり、ついには水の中にとびこんでしまう。この船でのある経験者の話、「いや、本当に海にとびこんだ方がどれほどマシかと思いましたよ」

薬や梅干をなめるのも一法だが、なにより船室にひっこんでいるのはいけない。無理にでもデッキに出て潮風に吹かれる。その際、近くの海面を覗きこんではいけない。なるたけ遠方の水平線を眺めるべきである。意志の力も決してバカにできぬし、自己暗示も必要であるから、天地創造以来のいろんなカミ、アクマ、コビト、ホトケ、オニババ、アマノジャク、ナンジャモンジャ、ヒョウタンツギ（この不思議な動物については、手塚治虫氏の著書をよむより知る手段がない）などに祈りを捧げるがよい。唄ったりワメいたりしてもかまわない。練習船などでは生徒たちはみんな意地をはって頑張っているが、一人が吐きだすと安心してしまい、我も我もとゲロゲロやるそうだ。自分がアブなくなっているとき吐いている人を介抱するのは無茶である。いよいよダメになったらこれはもう寝ちまうより手段がないが、少しでもよくなったらふたたびデッキに出る。いかに激しい船酔いでも、ナギになれば、最悪の場合でも港に着けばケロリと快癒する。弱い人でも次第に強くなり、しまいには免疫になるものだ。それゆえ海にとびこむのはやめた方がいいが、それでもなおという意志の堅固な人は御自由にするがいい。

胃腸の弱い人は船に弱いという説、酒に強い人は船にも強いという説は、むろん例外もあるが一理はある。船酔いになる前にアルコールに酔ってしまえば大丈夫というのは本当のことだ。しかし大抵の人はすでに酒の匂いを嗅ぐのも厭になっているだろう。そこを無理をして飲む。ホロ酔いになるころには船酔いはどこかへ行ってしまうだろう。間違ってたとえ吐いたとしても、少くともどっちでやられたのかはわからないのである。

飛ぶ魚、潜る人

船ではいろいろと特殊用語を使うが、多くは英語で、船長《キャプテン》、機関長《チーフ・エンジニヤ》、一等航海士《ファースト・オフィサー》、二等通信士《セカンド・オペレーター》、甲板長《ボースン》のごとく呼ぶ。これが略されたりなまったりして、主席航海士《チーフ・オフィサー》をチョフサー、水先案内人《パイロット》をパイラ、更に司厨長《シチョージ》、操機長《ナンバン》などと言うが、船によって多少の癖はあるらしく、この船では船長、局長、機関長などは日本語で呼ばれていた。照洋丸の乗組員は水産庁の調査官三名を入れて四十七名で、操業をするためこの程度の大きさの船にしてはかなり多人数である。

当直《ウォッチ》（これは完全にワッチと発音する）は四時間ずつ二回、一日八時間勤務だが、出入港の際などはむろん甲板員は全員配置につく。四時から八時の勤務をモーニング当直、八時十二時をトノサマ当直（これが一番楽だ）、十二時四時をドロボー当直と呼ぶ。

このようなことを私は少しずつ覚えてきた。サード・オフィサーの当直は八時十二時で、そのほかは閑さえあればベッドにもぐりこむ。このくらいよく寝る男を私は知らぬ。よくも目が退化してしまわぬと思われるほどである。もっとも船員にとっては寝るのは大切な才能の一つで、逆立ちをしながらでも眠れるようでないと勤まらぬ。彼のところに頻々《ひんぴん》と遊びにくる背は低いがでっぷりずんぐりした男がいた。サード・オフィサーの同期生で普段は漁船に乗っている男で、喜劇俳優のコステロが中国浪人に扮したごとき風貌をしている。「マスター、いるか」とはいってきて、とたんにウフフフと笑いだす。笑い上戸なのである。「マスター、これ、買うか」これはシンガポールの物売りの真似だ。彼はオルゴールつきのライターを持っていて、真剣な顔つきでそれを鳴らしてみせる。しかしそれは長くつづかない。忽ち彼はずんぐりした体軀をゆすぶって笑いだす。内臓がとびだしそうだ。チーフ・オフィサーもはいってきて、感心してそのライターをひねくりまわす。

「なるほど、こりゃいいなあ」と彼はほとんどため息をつかんばかりに呟く。「俺もこういうの持ってるが、俺のは曲がタヌキバヤシだからなあ」

　サロンの食事時にもいろいろな話がでる。

「あのときは気味がわるかったですよ」と誰かが言う。この船がニコバル諸島の或る島の沖に停泊していたとき、夜ヒュウヒュウという正体のわからぬ妖しき音がしたそうである。鳥なのか原住民の合図なのか未だに判らないという。前の航海のとき、サメに長靴の上から嚙みつかれた男の話がでる。甲板の上に釣りあげたサメの口にうっかり足を踏みいれてしまい、三針縫ったとかいうことだった。

船橋《ブリッジ》に行くと当直の甲板員が、一〇〇トンほどの練習船に乗っていてトラック島の近くの珊瑚礁で座礁したときの話をしている。

「ここらには暗礁があるからって見張りを厳重にしてたのですがね。ザアーッとスコールがきて、アッと思ったときはもう回避できなかったですよ」

小笠原にいた漁船を無電で呼び、ロープで曳いてもらったが何回やってもロープが切れてしまった。ついに船長はブリッジに残念なりと大書して、船を放棄した。

これが陸上で聞く話なら、それこそヌエが鳴こうが人食人種がタイコを叩こうが船長がいくら残念がろうがサメが生血をすすろうが、知ったことではないのだが、初航海でいくらも日が経たないうちに聞くどんな話でも、ずっと微妙に変形し、幼い頃に読んだ冒険物語のかもしだす幻想のようにふしぎな生々《なまなま》しさを伴なってくるものだ。

私はAから借りたフィリップスのラジオを持参したが、これには短波はなく、インド洋にでも出てしまうと何もはいらなくなる。沖縄辺までは日本の放送がはいる。昼間は雑音だけだが夜になるとはっきりと受信できる。次に同じ日本語で沖縄放送がはいるが、商業放送らしく何ドルをお払いになれば、などと言っている。中共、台湾のものらしき中国語がはいり、やがてマニラ放送のジャズなんかが聞えるようになる。

次第次第に暑くなってくる。日本を出たときは冬支度だったのを数日おきにシャツを脱いでゆかねばならない。このぶんで行くと終いには皮でもはぐより仕方なさそうだ。もっとも南支那海からボルネオ海にはいる頃になると船室にクーラーを通しだしたので室内は涼しかった。それから時計の針を進行につれて三十分ずつ遅らしてゆくから、なんだか時間を得するようだ。一方、それだけ港に着くのが遅れるような気もしてくる。

ときどき他の船と行きかう。デンマークの四千トンほどの白いスマートな客船と行きあったが、ヴァイキングの伝統そのままに、これら北欧諸国の船はどこの港にも進出している。夜間に他の船とやりとりする灯火信号が印象的だ。平行したむこうの船の影からピカリとくると、すぐさまアッパー・ブリッジの探照灯（ない船はマスト上の灯火）で応答する。モールス符号を光でやるわけだ。What Ship? に始まって Good night に終るのだが、その間、船名、行先などを知らせあう。平穏な夜の航海の当直で退屈しているときはよい慰みになるらしく、アメリカの船などは「恋人がいるか?」などと訊いてくることがあるそうだ。一度、ソ連船と行きあったが、国名船名を名乗っただけで、あとは何を言ってやっても応答せず、船そのものまでぶすりと表情を閉ざしているかのようだった。また或る夜はアメリカ艦隊が出現して停船信号を発したそうである。もっともべつにこの船を拿捕《だほ》するためではなく、単に航海上の危険を除くためである。

昼間、三井の橋立丸という貨客船とすれちがったときには、旗の信号を見た。するするとあげて割に素早くおろし、むしろあっけないものである。最後の文句はアリガトウの由、これらの旗は幾つもの文句に組まれてはじめから用意してある。

航路から離れたところで二カ月ぶりに会うのならともかく、他の船と行きあっても想像していたほど懐しいものではない。困ったことに、私はそばを船が通るとすぐ魚雷でもぶっ放したくなる。それから小島でもあるとすぐに占領してしまいたくなる。べつに日本のものにするわけではなく、新しい国を設立するためである。ところがケシカラヌことに、どんな小島でもみんなどこかの国が盗ってしまっていて、おまけに人間まで住んでいる。

沖縄からボルネオ海にかけてトビウオが多い。波間からだしぬけに現われて、白い腹を見せながら海面すれすれに、かなり迅《はや》く遠く飛んでゆく。ずいぶん遠くまで、ときには三百メートルは充分にとぶ。一二度海面にふれて三段跳びみたいな真似をするものもある。着水はかなり不器用で、水しぶきをあげてもぐりこむ。飛んでいるさまは、海燕《うみつばめ》にも似ているが、十数匹がばらばらと群がって飛びたつときは、いくらか大型のバッタにも似ている。一度五センチばかりのかわいらしいのが船にとびこんできたが、胸びれをひろげて上から見ると、まるである種のスズメ蛾《が》を、透きとおった胸びれがスカシバの類を思わせる。大きな奴はむろんそんなふうには見えず、これはやはり魚である。

ルソン島の沖あたりから、種類が変ってきたようだ。前方から見ると頭部が三角形をなし、腹びれがずっと後方についている。インド洋にでると、胸びれが小さく重い身体をひきずるようにして飛びたつ種類がいるが、私にはよくわからない。

彼らはシケの翌朝に甲板を捜すと、よく青く光って打ちあげられている。停泊中の船の灯火にとびこむこともあり、トビウオが目にぶつかって怪我をしたという船員の話も聞いた。

トビウオは誰でも知っている魚だが、その割に生態や分類は遅れているようだ。その飛翔についての観察も諸説があるらしい。熊凝《くまごり》氏の『南極観測航海記』には次ぎのような記述がある。

「トビウオは船首で切る波が近づくと、驚きのあまりどっちに逃げようかと右往左往する。しかしどうしても逃げられないと感じたとき、尾ヒレを水中に残し、上半身を水面スレスレにだし、逆Lのように下腹部を彎曲《わんきょく》させて尾ヒレを一杯にひろげてまず跳躍、つづいて滑走、飛翔の順序になるらしい。ヒレの構造上、直進しかできないと言われていたが、実際は曲ったコースもとるし、コースを変えることもあるようである」

実際トビウオは真直ぐにもとぶが美しいカーブを描くこともある。ヒレは拡げたままということになっているがその飛翔距離からおして信じがたい気もする。私はたしかに胸びれがあるときはふるえるのを見たように思うが、確信はできない。

トビウオに種類があるらしいのは前に述べたが、普通の図鑑には一種しか載っていない。松原喜代松氏の『魚類の形態と検索』によると、トビウオ科は四亜科にわかれ、ハマトビウオ亜科が二属にわかれ、それぞれかなりの種を蔵している。もしも各船に一人ずつ奇特な人がいて、甲板にあがってくるトビウオだけでもフォルマリン漬けにし、場所と日付を記入して持ち帰ったなら、トビウオの分布分類学に相当の貢献をなすことだろう。アフリカ北西沿岸で漁をしていたときには、かなり大きい四十センチくらいのトビウオが船にあがってきた。八丈島辺のトビウオに似ていると船の者は言っていた。

船員はトビウオを拾うと腹をひらいてデッキの上に並べておく。照りつける南国の陽光が、やがてこれを格好の乾物にしてくれる。

それにしても、ここ十日ばかりのうちにも海はさまざまに変貌してみせた。海はもともと形がなく、秩序もない無意識そのもののようでもある。誘惑的なその測りがたさ。しかし夜の船尾に立ち、絶え間ないエンジンの響きの中に風と波のさわぐのを聞いていると、このくろぐろとうねる海そのものを拒否せねばならない精神というものをも私は感じた。

原始の生物が長い過程を経て海中から陸上へと進んでいったように、無意識から精神が誕生した。だが、この目くるめくような深海――たとえば沖縄のあたりで海図は水深七〇〇〇メートルを示している――は、地球の過去の深さをも告げてくれる。人類の出現をかりに鮮新期の終りとしても、チグリス、エウフラテス河畔《かはん》に最初の文明の痕跡が現われるまで五十万年、われわれの文化というものがわずか六千年という取るに足らぬ表皮にすぎぬことを知らせてくれる。無意識の領分は大きい道理だ。

むずかしいことはぬきにしても、シンガポールの水族館で見たさまざまな魚たちの姿態を私は思いだす。マライ産のノトプテルス・チタラというのは、真黒のノッペラ棒な鯉の化物みたいな奴で、見るからに不気味だ。英名をラザール・フィッシュと呼ぶへコアユは、ドジョウくらいの平べったい半透明な魚で、逆さまに水中に直立している。少しも動かず、ほそい平べったい奴が何本も何本も（たしかに何匹という気にならぬ）つるされたように逆立ちしている。タツノオトシゴは身をそらしてゆっくりと浮いてゆき、ゆっくりと沈んでゆく。落着いているようで、どこかすねたような目のギョロつかせ方だ。コバンイタダキは宿主がいないので仕方なしにガラスに吸いついているが、その吸盤は自然のものとも思われない。こうした妙てけれんな連中がこの海面の下には数知れずうごめいているのだろう。

そして、さらに深海に至っては、まったくといってよいほど探られていないのだ。記録に残っている最初の海中の探究者は、十七世紀のイタリア人ロリニで、以来この未知の領域の訪問者は少しずつ現われている。イスパニア人セルボは木製の球をこしらえて海にもぐったが、そのまま二度と浮いてこなかった。人間がやや本格的に深海に挑戦しだしたのは十九世紀の末からで、例のバチスカーフは先年四〇〇〇メートルの潜水をなしとげ、四〇五〇メートルの海底に咲く「海のクルミ」を写真にとった。しかしこれとても、私の船が通ってきた沖縄あたりの深度の半分にすぎないのである。ちなみに世界で最も深い海はミンダナオ島東方のエムデン海溝で一〇八三〇メートルあり、また地球上のすべての海の平均の深さにしても三七九五メートルもある。（追記。つい先日アメリカ海軍のバチスカーフはマリアナ海溝でついに一万メートル以上もの潜水に成功した。どうもこう物事の進捗が早くては、本など書くほうはたまったものではない）

　数字だけ並べると簡単なようにも思えるが、海にもぐるには途方もない圧力と闘わねばならない。照洋丸にはアラフラ海で真珠貝をとっていた漁夫が一人乗りこんでいたが、彼の話によると、現在では領海問題と浅いところは採りつくしているため、四〇メートルから六〇メートルをもぐっているそうで、この深さでも昔の潜水者には想像もつかないものだそうだ。現に彼は潜水病に冒されていて、もう二度と海にもぐることはできない。あまり美的なものに関心を抱きそうにもない彼が、海底のことを私に訊かれると、「そりゃ美しいですよ。そりゃあ」と、口調まで変えて讃《たた》えたものだったが。

シンガポールさまざま

館山を出てから十二日目、十一月二十八日の早朝、船はまだうす青く静まっているシンガポールの港にはいった。向こうに小さく一足先に着いていた宗谷の赤い船体が見え、そして四時間後には彼女はケープタウンに向けここを去って行った。

日が高くなると、眩ゆい光の粒子がふりしきり、港は急に活気をおびてくる。海はやや泥《どろ》味《み》をおびた草色——南国でなければ見られぬグリーン色で、傍をカルテックスのタンカーが過ぎると、そのあとだけが水色に変ってゆく。すでに船内は物売りで一杯で、甲板や廊下を無遠慮に歩きまわる。痩せた色のくろい中国人、頭の毛のちぢれたマライ人、汚ないシャツをはおった者、割に小ざっぱりした服装の者、商品は皮靴、スリッパ、黒檀《こくたん》の象の彫物、さらにあやしげな精力剤などである。彼等は片言の日本語をあやつる。

「タイヤ、アル。見ルタケ」

「ホンモノ。買ウカ?」などと言い、小さなバッグをあけ、「タイヤ、エメラルドタイヤ、サファイヤ……」と言いながらイミテーションを並べはじめる。「ホンモノ。ホンモノヨ」

それにしてもエメラルドダイヤなどという宝石があるものだろうか。

小男の中国人が廊下の隅でものものしげにエロ写真をとりだしてみせる。「日本のと同じだ」と言うと、「ニホンナイ。フィリッピン。ニホン、コレ」と、今度は正真正銘の日本製をとりだしてきた。

ボートが出るというので、ほかに上陸する者はいなかったが、私は一刻も早く見物したく、せめて次ぎのボートの時間までぶらつくつもりでとび乗った。桟橋をあがると、黒いのや褐色のや閑そうな連中がウヨウヨたむろしている。

街にはいるとバナナ売りやら金の交換屋やらが寄ってくるのを、私はノオ・サンクスを連発して通りぬけ、まっさきに郵便局を捜した。手紙を出してそこを出ようとすると、マライ人の若者が寄ってきて五十枚入りの古切手を売りつけようとする。いくらだと訊くと一ドルだとのこと、シンガポールの通貨はマライドルで一ドルがおよそ一一七円に当る。こういうとき、いったんいくらなどと訊いてしまうとあとがうるさいので、私が要らぬと言って歩きだすと、相手は九十セント、八十五セントなどとわめきながらしつこくどこまでもついてくる。ここでまた私がうっかり「七十セント」などと言ってしまったのは間抜けのかぎりで、せめて七セントくらいに言うべきであった。相手が意外にあっけなくまけてしまったので、私は狼狽し、今は金がないと頑張ったところ、向こうは私の胸を指さし、「あんたはそこに金を持っている」見るとYシャツのポケットから今しがた郵便局で釣《つり》に貰った紙幣がちゃんと二三枚のぞいている。これは別な用途に於《おい》て必要であるのだ、と私はなお頑張ったが、終いにあやしげな英語をわめくのにもほとほと疲れはて、とうとう七十セントで押しつけられてしまった。上陸してから五分と経たぬうち、たちまちにして要りもしない切手なんぞ買わされてしまったので、私は少なからずガッカリした。

　私がなぜこんなことをくわしく書くかというと、こういう些細なことこそ旅慣れぬ人々の役に立つと思うからである。その点私という男はまことに適役だ。なんとなれば第一に、ときに変なことをしでかしこそすれ、私はヤドカリのごとく気が弱い。この点私は世の女たちをもう少し見習うべきであろう。彼女らは三センチ平方の布地を買うにも、あれこれ目につくかぎりの品物を並べさせ、ショウウインドウからも持ってこさせ、それでも足りずにハシゴを掛けさせて棚の一番てっぺんからもとりよせ、こすったり引張ったり皺を寄せてみたりして店中の品物をあらかたダメにしてしまい、あげくの果《はて》「気に入ったものないわ」とおっしゃってプイと店を出てしまう。それが私となると品物を一つ手にとっても万引と間違えられはせぬかとドキドキし、三つ四つ店員が取りだして見せようものなら罪悪感に打ちひしがれ、「これがまことに格好と存じます」などと言われようものなら忽ち目がくらんでそれを買いこみ、店を出てからはじめて我に帰り、大いに口惜しがってその店に放火しようなぞと考える。——第二に私は語学オンチである。サマセット・モームは、旅をしているとよく十何カ国語も自由にあやつる人間に会って感心するが、といって交際してみるとその人間が特に我々より上等にできているわけではない、という意味のことを書いており、確かにその通りなのだが、たった一つの外国語でも楽に話せる人は私にはやはり羨ましい。イタリア人メゾファンティは五十四カ国語を母国語同様に話すほか六十カ国語を知っており、デンマークのラスムス・クリスチャン・ラスク教授に至っては二百三十の語学を修得したそうだが、こんな連中はきっと火星人みたいな顔をしているのだと私は想像する。もっとも我国では書物ならけっこう読むくせにしゃべるとなるとてんでダメなのが普通なくらいである。むかし私の父が渡欧したとき、やはりドイツに留学するこれは独語が専門の先生と一緒になった。汽車がフランス国内を走っているときはこの先生はまことにチンマリと静まりかえっていた。ところが、いざ汽車が国境を越え、駅にとまればドイツ語が見えドイツ語が聞かれるようになると、彼はガゼン元気になり、やれ新聞を買おうとする、駅員をとらえて話しかけるという有様。ところがこのドイツ語がほとんど通じない。ついに相手はたまりかねて Speak English? と訊いたわけだが、フンゼンとした先生は更にドイツ語でこう叫んだ。「なんでこの俺が英語を話さなけりゃならん理由がある?」ところが気の毒にもこれがまた通じなかったというお話、——第三に、私は方向オンチでもある。私は銀座などに出ようものならたちまち迷子になってしまう。いつぞやは新橋に行こうとして国電に乗ったが、どういうわけか三度も電車を乗りかえ、それでもなおかつ新橋に到着することができなかった。私は若い頃は北アルプスなど歩き単独行の名手と自称したものだが、山頂で霧にまかれてケルンも見えないようなときには、まず私はナエワブシなどうなって気を落着け、ゆっくりと地図と磁石を見比べて方角を定め、いよいよ決然として歩きだすと、一体どういう訳の訳柄か、必ずといってよいくらい尾根を間違えてしまったものである。

さて、切手を買わされた私はしばし悄然《しょうぜん》としたが、たちまち凶悪な人相となって歩きだした。もう物売りがそばに来ても、ノオとも言わず、苦虫を三十八匹噛みつぶしたような顔をするだけである。半ズボンにはだしのマライ人が行く。コール天みたいな紺の服に白いヘルメット姿の中国人が行く。インド人は濃い頬ひげを生やし、でっぷりといかつい爺さんは皆似て見える。やせ形のインド人の中には、おどろくほどひきしまって立派な、瞑想にふける哲人のような顔立ちが見られる。白、黄、緑、うす桃といろんな色のターバンをしている。生地も絹のような上等なのもあれば、なかにはズダ袋のようなのをぐるぐる巻きつけたのもいる。

足のむくままに歩いてゆくとやがてシナ人町に出た。ここには一種雑然とした美しさがあり、またズラリと干してある洗濯物がとりどりの色をして、なおのこと雑然とした雰囲気を助長させている。煉瓦の上にぬられた漆喰があちこち剝げかけている。それから私は方角を変えて、無数のジャンクが浅瀬におしあげてあるシンガポール川のわきを通り、実に汚ならしいパンみたいなものを売っている屋台や、皮をむいたナシみたいなものを売っている屋台をのぞきながら波止場にもどった。波止場のすぐ前には遠くからも目につく十二階建のビルがあるので、さすがの私も迷おうにも迷えなかったのである。

午後はチーフ・エンジニアなどと一緒に商店街をまわった。シンガポールは香港と同じく自由貿易港で品物はすこぶる安い。日本製のカメラが日本よりも安い定価がついているのを見るとちょっと奇妙な気がする。もうクリスマスの大売出中で、中国人の店には「大減価」などという文字が目につく。日本人とみると、うるさく呼びかけ、三ドル五十セントを三エン五十センという具合に言う。この地は昔から物価が安かったらしく、ダーウィンの友人の生物学者ウォーレスは十八世紀半ばのシンガポールを次ぎのように記している。「そのマーケットの大多数は驚くほど安い品物を売る。たとえば錐《きり》一本一ペニー、白の木綿糸玉四つで半ペニーなど、いずれもイギリスで買うより安い。店員は愛想よく店の中をただ歩いてもいやな顔をしない。また暴利を貪ることはなく、一度品物を買った店の前をまた通ると御辞儀をして茶をすすめたりする」この「暴利を貪《むさぼ》ることはなく」という言葉は現在では当てはまらぬ。従ってチーフ・エンジニアは奮戦する。彼は英語をしゃべるなんて面倒なことをせず、紙に数字を書いて相手にしめす。向こうは別な数字を書く。際限なくこれがくりかえされる。

　シンガポールの商店では、殊に露店になるほど掛値が多いから、買物をするにはいささかのテクニックが必要だ。まず言い値の半分くらいに値ぎり、それからしばらくヤカマシク言い争わねばならぬ。と言ってあまり欲しそうにいつまでもねばってはいけない。五分も経ったら、では不要と言って、早すぎもせず遅すぎもせぬ歩調で店を出てしまう。この際決してうしろをふりむいてはならぬ。十歩ほど行くと、店の親父があとから追っかけてくるだろう。「ヘーイ、マスター。O・K、OK!」万一追っかけてこぬときは、それは仕方ないからまた別の店に入って同じことを試みる。従って買物をするには多分の体力と気力を要し、腹などすかしていると往々にして行き倒れになる。と言って、もちろんデパートなんかで値切ったりしてはいけない。

　それから金の交換屋のこと。これは公認の店よりも町にたむろしている交換屋をひやかすのが面白いし率もよいが、運がわるいと贋札《にせさつ》を摑まされる恐れもあるらしい。私は欧州でいざというときの用意に、マライドルの幾らかを米ドルに変えた。交換屋たちはいずれもおどろくべく計算がのろい。たとえば試みにポンドからグルデンへとか、香港ドルから米ドルへなどという難題を出すとすると、彼らはノートをひらいて一生懸命計算を始めるだろう。率が判っていればちょっと割ったり掛けたりすれば答が出る筈なのだが、彼らは実に無数の数字を手帳やら石板やらに書き、ウンウン言って掛けたり足したり引いたり割ったりしているらしい。特別の高等数学を用いるとしか思われぬ。このぶんではひょっとして間違えてレートより余計貰えるかも知れぬと期待していると、相手は悪戦苦闘の末、案に相違して正確な答をひねくりだすのでガッカリしてしまう。ちなみに彼らはすべてインド人で、聞けば中国人はやはり金のこととなると信用されず交換屋には不向きな由。

　夜には、サード・オフィサー達と「新世界」に遊びに行った。ここは射的、電気自動車、各種の商店から映画館やダンスホールなどがある広い娯楽場である。場内のコートでは、バレーボールみたいなものを足でやっているが、これはとても我々の真似のできるところではない。これらマライ人の足の器用に動くことは、つねづね彼らが足で御飯を食べているのではないかと疑われるほどだ。「車鬼」というバケモノ屋敷は、内容はわざと記さぬが、位置の見当識《オリエンテイション》の混乱を巧みに利用してあってけっこう怖い。もし私が千万長者であるなら、めったに人の行けぬ僻地にかのR・デヴィッド・ミラー（学のある人が、これは一体何者だ？ といぶかってもなかなかわからない。宇宙小説など読まなくてはダメだ）

描くところのピラミッドのごとき巨大な化物屋敷をこしらえるつもりだ。勇敢な探検家が辛うじてここにたどりつくが、内部を一目見るとそのまま悶死してしまう。大体ピラミッドという奴はただでさえ妖しいもので、サッカラの石棺もツータンカーメン王の墓も発掘者を変死させている。噂が噂をよび、次ぎ次ぎと人間は訪れるが、生きて内部の模様を語る者はない。かくて人類は一人ずつその数を減じ、ついには最初の宇宙放浪詩人ライスリンクの讃えた「緑なす地球の山々」のみ、太陽の膨脹を開始するまでひとり美しく連なることになるであろう。

　宗谷が金をおとしていったので、新世界のビヤホールの前には日本語で書かれた看板まで出してある。

「日本ノ皆サンへ。日本語ノ解ル姑娘《クーニャン》ノ居リマスオ二階へドウゾ御遠慮無クオ出デ下サイ。オ値段食物ニ付イテ御相談イタシマス」

　日本語を話す女というのは、やや老けた感じの沈んだ表情の中国人である。彼女の両親は日本軍に殺されたのだと、前に寄航したときからなじみの船員が言っていた。彼女は愛想をみせるでもなく、といってそっけなくもなくビールをついでいる。その表情からは私は何も掴むことはできなかった。

　宗谷は華やかな存在だったようだが、一方、シンガポールを基地として操業している某漁業の漁夫たちは、皆で金をあつめて辛うじて動物的に酔うために飲んでいた。彼らは八十トンほどの船でこの近海で漁をしており、日本を出てから一年近くになるという。はじめはまだ金を持っていたので、港に帰れば派手に飲んだらしいが、今は持金もつき、以前買いこんだ時計なんかを置いたりして飲んでいるのだ。日本に帰るのはまだ一年先のことという。

しかし、このビヤホールの二階で、「一酔解千愁」などの文字を見ながら各国のビールを飲みくらべていると、南国の夜気がひいやりと肌に快い。昼間は汗の滴る炎暑だが、この季節ではシンガポールの夜はまことに快適な気温になる。

翌日は領事館の出してくれたバスであちこち見物できたが、こうした観光バスは便利なようでいて、あとから思い返してみると単に何々を見たというにすぎないことになりかねぬから、でき得れば一人で迷い歩いた方が好ましい。マライ人の対日感情は非常によく、植物園の中で、こちらに向って「カシラー、ナカ！」などというのを聞いたときには皮肉っているのかと思ったが、だんだんと話を訊いてみるとむしろ懐しがっているので、かえって妙な気持にならざるを得ない。

昼から領事館のレセプションに出たが、居合せた商社の人に訊くと、「カシラー、ナカ」

などというのはおそらく昭南島《しょうなんとう》当時日本軍がつくった兵補《へいほ》というマライ人部隊の連中だろう、彼らは極めて親日家で、この前ニホンがきたのは一九四一年だ、今度はいつくるか、などと言ったりすると話した。彼らがそういう表現をするのを私はあとで自分でも聞くことができた。

レセプションが終ってから、私はバスを途中でおり、足の向くままに街を歩きまわった。ここまでの航海ですでに足が弱っているのを、昨日から歩きづめなので足腰が痛く、最後にはほとんどビッコをひきながら歩いた。どこか判らぬシナ人街で私は方角を見失い、なおも百歳の老人のごとくフラフラと歩いた。そのうちに夕方になってきたと思うと、急にあたりが騒々しくなり、道端に一杯屋台が出、なんだか汚ない食物を大勢の連中がワイワイ言いながら食べはじめた。少年がタイコを叩いて歩いている。あちらこちらからぞろぞろと蟻のように人間が出てくる。ようやく十二階建のビルの見える所へ出、船に帰りついたときは私は掘りだされて一年目のゴボウのごとく疲れはてた。夕食をかきこんで自室の寝棚にひっくりかえっていると、コステロ氏が現われ、

「ドクター、どうしました。出ないんですか」

私がヘタばった旨を伝えると、彼は言った。

「ダメだよ、ドクター。港に着いたら遮二無二とびまわらなくちゃ。いいですか、陸《おか》にい

るのはこれっぽちで、海に出りゃあいくらでも寝られるんだから」

これはまことに有難い忠告というべきで、寄航中はたしかに追いこみにかかったペナントレースのようなもので、足がケイレンしたなどと言っていられないのである。私は痛む五体にウイスキーをそそぎこんで、コステロ氏と街に出たが、大抵の船員にとってはシンガポールあたりは周知の場所でいろいろと探訪個所を知っている。

「新世界」の近くにある娼婦街は極めて暗く陰鬱だ。はげかかった白壁の家がつづき、重い厚い木の扉の前に二三人ずつ無言で立っている。マライ人がほんの一人二人、あとはすべて中国人である。客を呼んだり誘ったりはあまりしない。ところどころにレコード屋があって、かしましいジャズをかけており、その店の灯りがながれて彼女らの顔をようやく識別できるくらいの暗さである。客がつくと無言で扉をあけてなかへはいってゆく。ここは最下級でアンペラの上で行なう由であるが、こんなことは私としてはくわしく書くわけにいかぬ。狭い小路をジープに乗った英国のポリスがゆっくりとパトロールし、ときどきパッと大型の懐中電灯で女たちの顔を照らしたりしていたが、独立した現在ではああいう光景も見られなくなったろう。

このほか、輪タク屋が連れてゆく少し上等な場所があり、さらにNというダンスホールの階下はホテル形式になっているが、こんなことは私としてはむろん書くわけにいかぬ。

ともかく、私がちょうど暗い路地を出かかったとき、一人の中国の小柄な女が、だしぬけにある日本語を口にして私をギョッとさせた。この言葉は思いがけぬ欧州の港なんぞで、金髪の女の口から洩れたりして、おそらく世界の港々で英語の poke poke と同様、相当に普及している日本語の一つではあるまいか。これを聞くたびに私はギョッとし、せめてもう少し上品な国語を伝えてほしかったと慨嘆したのも無理ではないだろう。その文句というのはこうである IPPATSU YARUKA?

それから、私とコステロ氏は石油ランプのともる露店街をぶらつき、ついで輪タクに乗って夜の町を走らせた。金の交換屋がすべてインド人であるように輪タク屋はみんな中国人である。彼らは雄弁で、腰をうかしてペダルをこぎながら、あたかもテオフラストスのごとく人を感服させる。南天楼のダンスホールへ入ってビールを飲んだ。シンガポールではビールは約二五〇円で、小さな店で飲んでもこのようなキャバレーまがいの場所でも同じ値段である。ただ、ここではそばに女を呼ぶと一時間およそ千円を払わなければならない。その代り好きな子をその間はつけておけるから、日本のキャバレーのように目ざす相手は奇術のごとく消えうせ、妖怪変化のたぐいばかり入れ替り立ち替り現われるのよりはマシかも知れぬ。またホールは十二時までだが、それまでの代金を払えばいつでも彼女たちを外へ連れだすことも自由である。

　私はホールの二十五歳の中国の娘と、店がすんでから、はるかにはるかにドライブをし、それがどこであるのか皆目見当もつかないが、海上にはりだしたテラスのある料理屋に食事をしに行った。どこへとも知らず走りゆく車に吹きこむ南国の初冬の夜気はさわやかで、彼女の腰はこの世のものならず細く、かつ嫋々《じょうじょう》と彼女の知っている唯一の日本語の「支那の夜」をうたい、なんともロマンティックであるべき筈だったが、出港前夜のこととて私はもうあまり金がなく、車の走行距離と食事代のことばかりが念頭に去来した。ようやく着いたその店で、でっぷりした中国人たちが数多くのゼイタクな料理をかこんでいるのを見たとき、あまつさえボーイ共が実に五、六名も寄ってきたときには、正直のところ生きた心地もさらさらなかった。しかし彼女はなにやら言ってボーイ共をしりぞけ、ただ一皿の前菜しかとらなかったのである。だが私としてはこれ以上くわしく書くわけにはいかぬ。

　翌日は正午出港である。私は九時のボートで上陸して、あたふたとラッフルズ博物館を捜した。そこは動物、鉱物、マライの風俗などの収集で第一級の博物館であり、ぜひ見ておきたかったのである。日曜なので、あれほど各国人のたむろしていた桟橋前の広場までがひっそりしている。向こうからやってきたマライの若者に道を訊くと、わざわざ二時間も同行して案内してくれた。彼は「ミヨトウカイノ……」と多少おかしな節で唄い、それ以上日本語を覚えていないことを大変残念がっていた。日本軍が占領していたころはまだ十歳ほどの少年だったろう。

出港十五分前、私は忙しい見物をすまして桟橋に帰りつき、もうボートの時間は過ぎているのでハシケをやとった。送ってきたマライの若者に礼をしたいと思ったが、すでに小銭もなかったから、残っていた数本の煙草を与えた。ハシケがゆれながら遠ざかって船に近づくころまで、この偶然に知りあった肌のくろい友人は桟橋に立っていつまでも手をふっていた。

マラッカ海峡からインド洋へ

マラッカ海峡はマライ半島とスマトラとの間に囲まれた細長い水路である。

島の近くでは海は目もさめるばかりの濃緑《のうりょく》色で、更に水深をますと濃紺になる。大抵の場合この海峡には波もうねりもほとんどない。ときには素晴らしいナギとなり、強烈な陽光にかがやく緑の海はさながら平板のようで、まったく動揺が感じられない。

夜になると、星々が大きく頭上にかぶさってくる。驚くほど間近くそれぞれの陣をはり、空一面がやや白みがかって見えるほどだ。私たちの通ったとき、もっとも輝きの強かったのは近接していた火星で、南十字星は暁方《あけがた》の四時ごろ水平線に低くかかるだけであった。

その光輝《こうき》は薄く、期待していたほど華やかなものではない。星との位置を見くらべても、マストは微動だもせず、まるで船が完全に静止しているような錯覚を覚える。それでも暗い海面に目を移せば、やはり船はすべるように進んでおり、泡立つ白波の間にちかちかと夜光虫が燐光《りんこう》をちりばめている。ときどきボオッとかなり大きな青白い光が波間に浮かぶが、発光クラゲかも知れないと船の者は言っていた。

　昼間、たしかに船は小さく安っぽく見える。なにか人間どもが貧弱な変てこなものを造って走ってやがるなという感じである。ところが夜となると状態が一変する。この六〇〇トンの船がけっこう雄大に見え、くろい海面をおしわけてとどまることなく進んでゆくさまは、ほとんど荘厳な感じさえ起させる。そうしたとき、船はそれ自体の意志をもつ一個の生物のように思われるのだ。

　デ杯選手のS氏が投身して以来、マラッカ海峡は自殺の名所として妙に名高くなった。実際この海に落ちた人間は少なくないらしいのだが、強いて原因を探ってみれば、一つには酷暑であり、一つにはかなりの航海を経てきた監禁状態であり、一つには常にこの海域を支配するベタ凪《なぎ》であろう。

　夜、うねりもない海をすべるように船がすすんでいるとき、たしかにその黒い海面は水という感じがしない。足を踏み入れてもそのまま歩いてゆけそうな気がする。更に絶間のないエンジンの振動、船の波をきる音は共に単調で、一種の自己暗示にかかり易く、暗い水ともつかぬなだらかな海面はひきこまれるような、魅惑的な安らぎと憩いにみちているように感じられてくる。船上にいてもあそこの海面に身を移してもさして変りはなさそうな気もしてくる。もしその人間がかなりの憂鬱状態にあるならば、すぐ目の下にひろがる海面に身を移す（たしかに身を投げるというには当らない）ことに、さしたる抵抗を覚えないにちがいない。

村上人声船長の『わが航海一五〇万浬《カイリ》』にはここの海に落ちた人間の二つの例がのっている。一人はH丸という日本船からとびこんで助けられたフランス人で、彼の言うには、「寝られないので甲板に出て涼風にあたっているうち、なんとなく暗い海の奥深さにひきつけられて下甲板に降りて行きました。そして海面を見ていると、暗い波間に女の顔らしきものが見えるのです。たしか神戸で待っていてくれる日本娘の笑顔ではありませんか。気のせいかと思ってよくよく見ても確かに見えるのです。私は思わずその名を呼び、繰返し呼んでも返事はなく、ついに堪えきれなくなって海にとびこんでしまいました」というかにもフランス人らしい話。もう一つは五〇〇〇トンほどの船から落ちたノルウェー人船長の話で、これも暑くて眠られず甲板に出てうたた寝をしているうち、気がついたら海に落ちて波間に浮かんでいたというささかダラシのないお話。

私はこの本を読み、帰途ここを通ったときは毎晩のようにデッキに出て暗い海原を眺めやった。女の顔はムリとしても、せめて酒びんの幻影でもちらつかぬものかと思ったのだが、完全に徒労に終った。

私はさすがに捕虫網までは持ってこなかったが、シンガポールでは帽子でもって蝶を二種捕えた。台湾産のミカドアゲハとカバマダラに近似のものである。これら熱帯産の華やかな鱗粉の色彩は私のかつての嗜好をたちまちにして蘇《よみがえ》らせた。私は十五歳までは画家志望であり、次ぎに二十歳までは昆虫学者になるつもりだったのである。

それにしても少年時代夢に見た目もあやな熱帯の蝶が、現実に生きて羽ばたいて花にまつわっているさまを見ることは、実際背筋をゾクッとさせるものだが、この特有な感動はとても趣味を同じくする人以外には伝えられない。かの金赤色に輝くトリバネアゲハを初めて網にしたとき、ウォーレスは極度の昂奮のあまり熱を出して数日間寝こんでしまったという。彼はこの未だかつて見たことのない素晴らしい巨大な蝶がある河床で水を飲んでいるのに出会わし、もう全くキチガイのごとく網をふったが逃げられてしまった。彼は翌日同じ場所にはりこみ、ギラギラ照りつける熱帯の太陽の下で何時間も待ちに待ち、ついにこの貴重な品種を捕えることができたのだが、すぐさま感激のあまり発熱してしまった。もっとも本当はどうやら日射病にかかったのであるらしい。

しかしながら、虫けらを捕えて狂喜するなどとは、一般の人々にはとても正常な行為とは映らないらしい。昔は昆虫採集などという言葉すら世間に知られていなかったから、一人前の大人が網をもって虫を追いかけていれば、まず精神病院の脱走者と見られた。私がシンガポールのタイガー・ガーデンで蝶を帽子で追いまわしていたときも、そこにいたマライ人の園丁は驚愕のあまり、あやうく目玉をとびだしてしまうところであった。ラッフルズ博物館でも、私が昆虫の標本の前に釘づけになってしまったので、案内してくれたマライの若者は退屈のあまり、「これは蜻蛉《シボシボ》だ」「これは蝶《クプクプ》だ」と説明を試みようとしたが、私は熱中していてろくに返事もしなかった。

私の船が寄航した欧州の港々が凍てついた寒気に閉ざされていたことは、反面幸いともいうべきで、ようやく私は虫けらに気をとられずに街や人間なんぞを眺める余裕を得た。それでも、エジプトの博物館を訪れれば、私にはやはりスカラベの石細工のほうが、クレオパトラの像よりも興味があったのである。

ともあれ、帽子で捕えた二匹の蝶、更にラッフルズ博物館のさまざまな南方産の昆虫標本は、こうした私の昔の嗜好を、いまや完全に蘇らせた。私は船長を摑まえて、この船には一人の魚類学者も生物学者も乗りくんでいないのは実になげかわしい、まあ仕方ないから私が生物学主任になってあげましょうなどと言い、船長の部屋にある図鑑類をみんな自分の部屋に持ってきてしまった。そして、それからというもの赤潮が流れてきても鳥が一羽とびこんでも一々口をだし、船長にとってはまことに小うるさい存在となった。

私はまず夜光虫の正体から究《きわ》めようと思った。舷側《げんそく》から身を乗りだして網ですくおうとしたがとてもダメ、そのうちに少しうねりのある日がきて、甲板をときどき波が洗うと、その流れの中にチカチカ青白く燐光がまたたいていた。私は四ツン這いになって甲板を這いまわり、なんとかそいつを捕えんものとヤッキになっていたところ、いつの世でも真理の探究者というものは迫害をうけるもので、いきなりザンブと大波がきたと思ったら、もう私は頭のテッペンからどこからどこまでズブ濡れになっていた。

広漠としたインド洋に出ると、海図には何もなくなってしまう。と言うより、単に緯度経度のはいった白紙の上に鉛筆で航路が記入されてゆく。

眩《まば》ゆく晴れわたった朝がきて間近く星のかぶさる夜がきて、一日は案外早く経つようで、さて数えてみるとそれほどの日数は経っていない。まさか毎日三十分ずつ時計の針を遅らすためではなく、時間はけっこう早くすすむようで、昼食となりまた夕食となりそうして一日経っているのだが、全体としては確かに単調でゆるやかになっているのだろう。

甲板では操業の準備がぼつぼつ始められている。甲板員はせっせと針金をよりあわせ、片方に糸をきっちりと巻き、片方に大きなマグロ鉤《ばり》をつける。延縄《はえなわ》漁に使う縄が山のようにかつぎだされる。ビンダマと呼ばれるガラスの巨大な浮子《うき》やら長い竹竿などが後から後からかつぎだされてくる。こんなものを一体どこに積みこんでいたかと疑われるほどだ。

どうもいろんなものが続々と出てくるなあ、と私はアホウのごとく感心したが、どんなに航空機万能の時代になっても、船のもつ偉大な輸送力は何者にも代えることはできない。日本は四方を海にかこまれているくせに、私たちは船舶の重要性を普段はほとんど顧みもしないのだ。

揺れる日は少なく平穏な航海がつづいた。船員たちは食後のひとときを前甲板に出てフラフープに興じている。あまり猛烈にまわすので、腸でも破けやしないかとこっちはヒヤヒヤする。船内で最もフラフープの下手なのは局長でその次ぎが私だ。局長はなにしろこうした遊戯を楽しむにはおよそ不合理な体格をしているので、どんなに努力しても一秒とその輪をとどめておくことができない。彼はインド洋を渡りきるころには益々肥満してきて、太い足を半ズボンから出し、カバのごとく甲板をノソノソ歩きまわり、「ドクター、痩せ薬はありませんか」などと訴える。

私はシンガポールでビッコをひいたのに懲り、足腰を弱めぬよう努めて甲板を歩きまわることにした。広くもない甲板であるから動物園の熊と大差がない。それから少しゴルフの真似事をやる。私はゴルフなど老人のやることとバカにしていたのだが、調査官のK氏がさかんに紐のついた練習ボールを打っているので、ちょっと借りてやってみたところ、K氏も丸きり素人であったらしく、「なんたる柔かきフォームだ」などと大げさに讃《ほ》めた。

私はすっかりいい気持になり、早速シンガポールでクラブを一本だけ買い求め、波の静かな日に少しずつ打っていた。ところがある日のこと、渾身の力をこめてクラブを一振すると、イマイマしきボール奴《め》はとんでもない方向にすっとんだと思ったら、紐がグルグルと首にまきつき、すんでのところで私を窒息死せしめるところであった。やはりこんな危険な遊戯は、死に損ないの齢になってからやるべきものであろう。

　大洋の真中に出るとラジオには何もはいらなくなる。セイロン沖を通ったときセイロン放送がアキヒトとミチコのことを言っており、更にアラビア海の途中でカラチ放送が聞えるくらいのものだ。陸上のニュースは船内新聞が唯一のものとなる。大きな船では立派な新聞を発行するらしいが、照洋丸くらいの船では、船舶むけに出される共同ニュースをカーボン紙で写しただけのもので、元禄《げんろく》のカワラ版、ローマの「アクテ・ディウルネ」と大差がない。それでも相撲が始まれば船員たちはこれを頼りに星取表をつくったりしてわずかな慰みを見出している。

　ときたまは大事件もあり、十二月七日の新聞には次ぎのごとき記事がのった。

「シンガポールでは第二次大戦末期撃沈された日本海軍の補助巡洋艦T丸の引揚作業を行なっているが、船内に残る遺体三十の霊がこれを邪魔している。サルベージ会社支配人の言葉によると、すでに船をひきあげる太い鋼鉄の綱が四度も真中から切れ、人夫たちはどこからともなく現われる手に平手打ちをくらわされる始末。支配人自身もシャツ姿の幽霊が沈艦に立っているのを見たという。また幽霊は支配人の夢枕にあらわれ、引揚作業をつづけるならシンガポールに我々の住居を見つけてくれ、我々は日本には帰りたくない、と述べたという」

シンガポール滞在中にこのことを知ったなら、何をおいても私はこの幽霊を調査したことであろう。何が好きだと言って幽霊くらい好きなものは私にはない。なによりも幽霊というものは実在の人間のごとく我々を悩ましたりしないものである。

この航海中、次ぎのような水産庁からの電文が掲示板にはりだされた。

「コンジコウカイノセイカヲタカメルケンチカラコンゴノキコウチニオケルゲンドウトウニツイテワサイシンノチユウイヲハライコクサイシンヨウノホジニツトメルヨウトクニゼンインニテツテイセシメラレタイ」

この役所的名文には私も感服のあまり、わざわざ手帳に書きとどめた。幽霊はかくのごとく電報代を無駄使いするようなことはしない。

急患は例外として一応診療時間を九時から十四時としたので、その間はなるたけ部屋にとどまっていることにした。午前中はサード・オフィサーは当直なのでブリッジにおり、患者がこなければ閑である。まずコーヒーを一杯飲む。甚だ美味である。次ぎに緑茶を入れ、梅干を一つ二つ食べる。これは更に美味である。次ぎに苦心の末梅干のタネを割り、中にはいっている胚珠《はいしゅ》を食べる。これは妙チクリンな味がするが、閑なときには最も格好の食物である。

梅干は船にもあるが、私はNというやはり妙ちくりんの友人から餞別《せんべつ》に梅干をムリョ数百粒貰った。私にこの船の話を最初に持ってきた男がこのNなのだが、私より若いくせに彼の頭部には毛が九十七本しかない。この男はあるとき新宿の大通りでいきなり逆立ちを始め、通行人から見物料として四十円也を強奪したことがある。しかしこの梅干の餞別は大出来というべきで、種類もとりどりあり、皺くちゃなのから紫蘇《しそ》の葉で巻いたのまで数種類揃っている。私は彼が大袋一杯の梅干を持ってきたときには、また荷物がふえたかと仰天したものだが、今は彼とこの食品を発明してくれた古代の人々に感謝の祈りを捧げた。

梅はシナから渡来したものであり、シソもまたシナの原産である。漢の時代すでに、鴆《ちん》という鳥の羽をいれた毒酒を防ぐために梅干を用いたという記述はあるが、一体いつごろから梅干を食べるようになったかは詳《つまび》らかでない。シソを使いだしたのは日本でのことと思うが、とにかくウメの実とシソの葉という組合せは大した発明である。

さて、梅干のタネを割って中の珍味を味わい終ると、次ぎに世界地図をひらいてあれこれと空想にふける。現代では世界は開けすぎてしまって面白味がなくなった。たとえばダーウィン時代にはビーグル号などに乗ってちょっと南米にでも上陸すれば、「イギリスだのロンドンだの北アメリカだのって、いろんな国があるようなことを言うけれど、そんなことはみんな嘘っぱちだ。一つ国をいろんなふうに言ってるだけなんだ」とか、「そうじゃないよ。ロンドンは北アメリカとくっついている国なんだよ」などと主張する御仁《ごじん》がすぐ現われてきたものである。まして黄燐《おうりん》マッチを噛んで火をつけてみせると、「ひゃあ、このエゲレス人は歯で火い吹くだあ！」とたまげ、そのマッチ一本をぜひ一ドルでゆずってくれ、などと言ってくれる可能性はまずない。とても文明国はダメである。どうしても蛮地とか、南太平洋にちらばる無数の島々に目を向けねばならない。

ヨーロッパの都会にある旅行案内所に立ち寄ると、よくタヒチ島のポスターにお目にかかり、このゴーガンの島も現在はよほどの観光地と化しているように想像されるが、前の航海で照洋丸が寄航したときの様子では、まだまだ生粋の純朴さを失っていないらしい。船が着くと、殊に不可解な東洋人が制服なんぞ着て町を歩くと、赤銅色《しゃくどういろ》の肌をもつ島の娘たちが三々五々集まって来て、船員たちは一人で五分と通りを歩けなかったという。彼女たちは、かのマゼランの船が飢餓《きが》に悩まされつつ太平洋を横断して最初にたどりついた島、「ドロボー島」の原住民のごとき天真爛漫さで船員たちをダンスに誘う。もちろん商売女なんぞではない。船の人たちに今までどこが一番よかったかと訊くと、彼等はスズメの学校の生徒のように口をそろえて繰返す。「タヒチ、タヒチ」

マルケサス諸島のヌクヒバ島は、かってポスターが「善男美女の群居する地上の楽土」と讃えた文字どおりの極楽島であった。しかし白人侵略者のために原住民たちは酒や阿片に耽溺し、西欧の伝染病は山火事のごとく蔓延し、まさに一朝にして空虚と沈黙の支配する無人境になってしまった。このあたりに伝わる原住民の唄。

ヤシは栄える　サンゴは生える
なのに　人々だけは死んでゆく

ペッテルソンの『アルバトロス世界周航記』に載っている写真によると、ギルバート群島カピンザマランギ環礁の王様ダビッド王は、ヘルメットをかぶり白シャツにステテコみたいなものをはいたオッちゃんであり、ビオラ女王とやらは縞のアッパッパみたいなものを着こんだオカミさんである。こういう所へ行けば我々もたいてい総理大臣くらいにはなれるし、まかり間違っても王宮の門番くらいにはなれるのである。

これらの無数の島々の中には、あるかと思えば消えてしまい、ないかと思えば現われてくるヤッカイな島もかなりある。リッヒャルト・ヘニッヒによれば、前者は一六八七年に発見されたデーヴィス島で、一九〇二年探検家トル男爵はこの島を捜しまわったが発見できず、以来海図から削除されてしまった。逆に南太平洋のブーヴェという島は十八九世紀を通じてその地図上の位置には疑問符がつけられていたのだが、一八九八年にチリの探検隊がその存在を証明してみせた。キングマンスリーフ島という小島などは一九二二年になってはじめて発見されたものだが、それまで気づかれなかったものなのか、その頃になって海面上に現われたものなのか、どちらともわからないという。

大体古代の海図にはありもしない島までがやたらと書きこまれているもので、おそらくはラム酒に酔った船員の錯覚、蜃気楼、単なる噂から大ボラに至るまでことごとく記入してしまったのであろう。十二世紀のアラビアの地理学者イドリーシによると大西洋には実に二万七千の島があることになっている。現在ではかような架空の島々はみんな消失してしまったから、やはり誰でも島の王様になれるというものではない。ステテコでなくてちゃんとしたズボンをはいていようともやはり無理なのである。

そうしているうちにも船は、とどまることなくアラビア海の緻密な藍色の海をすすんでゆく。船が水をかきわけると、その白い泡立ちが、重い藍色の海面の上を、まるで砂地に寄せる波のような調子ですべってゆく。ときには海上に幾本もスコールの暗幕がたれる日もある。

夕暮れ、前方の西空が夕映え、水平線上にたむろする雲がさまざまに色を変える。インド洋の壮麗な夕焼けはあまりにも有名だが、実際は陸上でもこうした夕焼けは見られるのだろう。ただ船の上では海と空しかない。平生空があかね色に染まることなんぞに頓着しない人間も、一体空なんてものがあるのかなどと思っている慌ただしい人間も、長い航海の間には、いやでもこの雄大な日没を必要以上に讃嘆《さんたん》するのであろう。やがて雲は暗紫《あんし》色《しょく》に変じてゆき、空は輝きを失って、いつとはなしに星々がまたたきだし、どことなくなまめかしい厚ぼったい夜がかぶさってくる。

夜の操舵室《そうだしつ》はいいものである。そこは真暗で、明るい海図室からはいってゆくと、しばらくの間誰がどこにいるのか見当もつかない。そのうちに目が暗闇に慣れてくると、計器の夜光塗料がにぶく光り、窓際に黒い影となって前方を直視している当直員の姿が見えてくる。荒天の冬の海では当直《ワッチ》も大変だが、南海の平穏な航海ではのんびりとした会話が聞かれる。

一人が言う。「この船は尻が大きいから安定がいい筈《はず》だ」

もう一人が言う。「おまけにこの船は尻をふりやがる」

そうして、また何日かたって、ソコトラ島の下を通過した朝、前方の水平線にうっすらと、雲か水かわからぬように広大な陸地が見えはじめた。アフリカ大陸である。

陸に近づくと急に海鳥が目につきだす。幾つも波間に浮かんでいたり、魚群の上に群れていたりする。セグロカモメに似ているがよくわからない。私は鳥の種類には無知であり、おまけに海鳥という奴は捕えてでもみないかぎり図鑑と見くらべてもなかなか判別しにくいものである。波の音にまじってピイピイという可憐な声が聞えてくる。案外かわいい啼《なき》声《ごえ》をする奴だと思い、私は日記にそのことを書き記した。ところが、あとになってこれは甲板に出してあった船長の飼っているカナリヤの啼声と判明した。

この日の昼まえ、小規模ながらかなり印象的な赤潮に会った。「赤潮だ」という声に甲板にとびだしてみると、なるほど海の一部が赤っぽい染料を溶かしたように染まっている。それが舷側をながれすぎると、また前方から別な奴が近づいてくる。小さいのは畳二三畳ほどの広さで、ほかの海の濃紺とまじらず、そこだけ判然と赤い。プランクトンネットですくってみると、オレンジジュースそっくりの色である。これが海を流れているときには煉瓦色に近く見える。赤潮は普通プランクトンによるものだが、このときのものは違っていた。スライドグラスにのせて顕微鏡でのぞくと、透明な殻があり、ミドリムシにあるような黒点がある。皆が覗きにきたが、やれ魚卵だ、やれ夜光虫だと意見百出するだけで判定がつかない。コステロ氏も登場し、「しからばチャボ博士が……」などと覗いたが、やはり判らなかった。

これでは生物学主任もまるきり蒙昧《もうまい》のようであるが、昆虫のこととなるといくらかの観察をしていたのである。セイロン沖を通過した翌日、船内でオオスカシバという昼間とぶ蛾の一種を捕えた。これは船中になお何匹かおり、前夜はセイロンからかなり強い風が吹いていたから飛ばされてきたものらしい。更にアラビア海のちょうど中央にさしかかった頃、ウスバキトンボによく似たトンボがマストの上を飛んでいるのを認めた。トンボは飛翔力が強いから船から船へ移っても容易に大洋を横断するのであろう。

翌日、船は左手四マイルほどのところにアフリカ大陸を――実に平べったい広大な土地を見ながら進んだ。平べったいといっても、その背後の山はかなりの高さをもっているらしいのだが、それでも全体としては何とも平らかにみえる。ライオンでもいるかと思って六十倍の大きな眼鏡でのぞいたら、案に相違して、なにやら倉庫のようなものが並び、おまけに双発《そうはつ》の旅客機まで一機とまっている。

岸ちかくにヨットみたいなのが見えるので、双眼鏡をむけると、粗末な帆をつけたカヌーで、数名の原住民が乗っている。どうやら魚をとっているようだ。

「おい、女がいるぞ！」と、一人がブリッジで叫ぶと、別の一人が慌てて双眼鏡をのぞき、やがて大まじめな声で呟いた。

「女であるものか。あんなに真黒じゃないか」

タカリ、愛国者たむろすスエズ

紅海の入口にあるアデン湾は、かつてジュゴンの産地として名高かった。現在ジュゴンは非常に少なくなり、めったにお目にかかれないものになっている。私はアントワープの動物園でその生きたものを見たが、よほど女に餓えてでもいないかぎり、とても人魚とは見あやまりそうもないシロモノである。その啼声は人間の赤子の泣声にそっくりの由だが、食用蛙の声でさえ赤子の声と間違われたことがあり、大体赤ん坊の声が人間ばなれしているのである。

紅海――といっても、その海はむろん青い。古代ヘブル人が「葦《あし》の海」と呼んでいたのをギリシャ人があやまって「赤い海」と訳してしまったのである――に入ると、この辺は航路が定まっているため、しきりといろんな船に行きあう。こういう狭いところだから凪ばかりかというとそうでもなく、急に風がでてきて船はピッチングを開始し、船体がみしみしきしるような航海が二日ほどつづいた。

紅海には無数の小島があるが、その近海は、映画『青い大陸』の舞台となった。この中には現在でも女だけの島というのが実在し、その島では男の子は七つ八つになるとみんな船乗りにして島から出してしまう。と言ってたまたま訪れる船は拒みはしないから、やっぱり子供は生れてくる。この小島の間の複雑な水路を熟知しているアラビア漁船の船乗りをナクーダと呼ぶが、今からおよそ五十年前、アト・ジョセフというナクーダは相棒のフランス人とガラクタの品を山ほどかき集め、アビシニア国の封印をおしたインチキの書類をもってこれをロシア皇帝に献上し、沢山のゴホウビを貰った。私は幽霊の話も好きだが、こうした突拍子もない詐欺漢《さぎかん》の話も大好きである。

紅海の北端からスエズに至るスエズ海湾はしばしば蜃気楼の発生する場所として知られている。海はぐっと狭まり、右にも左にも陸が見える。左手のエジプトの土地は黄褐色《おうかっしょく》の砂漠で段丘《だんきゅう》となり、さらに背後は山につづいている。白い建物が見えるので双眼鏡でのぞくと、石油がでるらしくタンクや鉄塔が並んでいるが、全体の風景から見るとそれもごくまばらで、一木一草もない。右手のサウディアラビア側は更に険しい山がつづき、その麓から海岸線まではやはり砂丘で、いくらかの起伏をみせながら広がっている。砂の色はいかにも鉱物質の赤みをおび、荒涼として親しみがない。日本の、どことなく湿っぽい悲しい感じのする砂丘とはちがい、とてもカニとたわむれたりする余裕はなさそうである。

スエズには十二月十七日の夕刻に着いた。シンガポールを出てから十八日目である。検疫も簡単にすんだ。書類には、やれ伝染病が発生したか？　とか、ネズミがいるか？　とか、いかめしい質問が並んでいるが、要するにすべてNoで片づけてしまって、ネズミはいたが食べてしまったなどと書く必要はない。

ドクターのことを呼んでいると船の者が言うので、行ってみると検疫官の従卒が「頭痛がする」と額に手をあてて実に物悲しげな顔をしてみせる。私は日本医学の真価をみせてやるのはこのときだと思い、わざわざ数種類の薬を調合して彼に与えた。ところがあとからあとからいろんなのがやってくる。「アイ・ドロップ」とか言って目薬を要求するのが多い。そう際限なくやってしまっては自分の船で使うのがなくなってしまう。私もこれには弱って、あちこちから目薬の空びんをかき集め、ホーサン水を作ってその中につめ、それからはこれを与えることにした。あとでサード・オフィサーが言った。

「ドクター、ダメだよ。奴等みんなタカリですよ」

エジプトは薬品が高価で不足しているので、仮病を使って船に薬を貰いにくるのだという。スエズ運河を通過中も、しきりにボートマンが私のところにやってくる。最も欲しがるのはやはり目薬だ。例の急造のを与えると、ひねくりまわしてなにかぶつぶつ言う。よく聞いてみると、ペニシリン入りのはないかとのこと。

「ノオ」とついに私も大声を出した。「この船はそんなものを持たぬぞよ！」

私はそいつを医務室から押しだし、ピシャリとドアを閉めた。しばらくすると、また別のボートマンが現われ、アイ・ドロップ、プリーズ、と言う。「ノオ」と私は不気味におしころした声を出した。そのくらいのことで引《ひ》き退《さが》る相手ではない。しきりに自分の目を指さし哀訴《あいそ》を繰返す。見るとたしかにその目は汚なく目ヤニがこびりついている。もう急造の目薬もないので、硼酸の粉末を与え、その使用法を説明し、押しだしてドアをピシャリと閉めた。

薬品ばかりではなく、「スエズを通るのはもうイヤだよ」と船長がこぼしていた。船には港々で検疫官やパイロットなどにやるミヤゲ物をかなり積んである。扇子、ハンニャの面、羽子板などだが、ひどいパイロットになると、これではイヤだ、もっと別なのをくれ、終いには船長室にかかっていた額をさしてあれをくれなどと言いだす始末だそうだ。ついに私は持参した例の風呂敷の一つを船長に提供したが、上等の風呂敷を持ってこなくてホッとしたのはこのときだけであった。それぱかりではない。調査官のM氏の部屋にやってきたボートマンが空箱を指さし、それをくれと言うのでなにげなく頷《うな》ずくと、空箱でなくてその横にあった手袋を持っていってしまった。慌ててとめると、今あんたは確かにくれると言った筈だと頑張り、とうとう手袋をまきあげられてしまったという。こうした植民地的貧困の残渣は、現在この国に澎湃《ほうはい》とみなぎっているナショナリズムの息吹きと一見奇妙なふうに入りまじっている。

スエズでもポート・サイドでも、家の中でも街上でも、頻々とナセルの写真にお目にかかった。私は大体こういう現象を好まない。写真などというものは、個人でこっそり飾っておくべきもので、でかでかと人目につくように貼りだされる場合、いつだってなにかいかがわしい気配を感ぜざるを得ない。しかしアラブ連合の若き役人氏は、自分の胸をさし、「ナセルは私の心臓だ」と言った。街にはこの雰囲気がみちみちている。

スエズの裏通りには、パジャマ姿に素足の汚ない子供らが一杯いて、写真機を向けると我がちに集まってくる。自分が写されようとして前へ前へと出てくるからなかなかシャッターが切れない。ところが大人がそばにいると、たちまち子供らを追いはらってしまう。初めは何のことかと思ったが、要するに貧しい非文明的な情景は、国威《こくい》をけがすから写させないのだ。辻豊氏の『ロンドン東京五万キロ』という本によると、辺鄙《へんぴ》な土地ほどこういう傾向はもっとひどく、うっかり写真をとると警察にひっぱられる。シリヤやヨルダンでは、スエズでは汚ない風景にカメラを向けると必ずといってよいほど注意を受けたが、ポート・サイドではめったにそういうことはなく、アレキサンドリアでは一度も経験しなかった。

特有な平たいパンを戸板にずらりと並べ頭にのせて運んでいる光景を撮《と》ろうとすると、さっそく愛国者が現われ、手をふって「ノオ」といった。しかもこの愛国者氏は十分間ほど私を尾行し、けしからぬ写真を撮りはせぬかと見張っているのである。といって、対日感情は非常によく、街を歩いていてもやたらに握手を求めてくる。しかし私はこういう現象も好まない。もっと個人的なものから出発したものでないと、なにかいかがわしく、クラウディア・セウシャの口を借りれば「ねーんげん的」でないように思われる。

しかしスエズ動乱で銃弾をうけた建物や、至るところに貼られたポスターは私に感銘を残した。ポスターは赤子をしかと抱いた若い母親の図である。背後に空爆をうけて黒煙をあげている街が画かれている。母親の顔は絶望にみち、その目は虚空をみすえている。

公園のような広場で、私は大ぜいの素足の子供らにとりまかれ、あたりに愛国者はいず、写真機をむけるとみんなニコニコし、私は少なからず心のどかになった。一人の子供が、しきりに両手をひろげてひっくりかえるような動作をしてみせる。「ダンス?」と訊くと、首をふる。思いあたって、「ジュウドウ?」と訊くと、小さな頤《あご》が胸につくくらいうなずいた。私がその子を大外刈《おおそとがり》で投げてみせると(私の半分もないのだから投げられるのは当り前だ)顔じゅうをひしゃげて大喜びし、もっともっととせがむ仕草をする。私は少なからず心地よく、能《あた》うかぎり派手なワザでも披露してやろうかと思ったが、そんなことをするとそのうち雲つくような大男でも現われて試合をいどまれる懸念もあったから、まあやめておいた。

夕暮れの路地で、子供らが石けりをしているのも私は長いこと眺めた。日本のと同じで、路上にいくつかのワクを画いて、片足とびでやっている。砂置場では五歳くらいの少女が、一歳半くらいの赤ん坊を遊ばせていた。遊ばすといっても、足でも腕でもやたらに摑んでぶらさげるのである。逆さまにされた赤ん坊は、それでも泣きもせずに笑っている。

スエズでは二度ほどはじめて「チャイニーズ？」と訊かれた。旅に出ると無意識に民族意識が強くなるもので、私は反射的に「ノオ、ジャパニーズ」とかなり大きな声で言い、あとで俺としたことが何たることだ、今度訊かれたら遊星人だとでも答えようと考えた。外地で暮す日本人のいくらかは日本人でないかのような顔をし、いくらかは逆に物凄い国粋主義者になると言われるが、どちらもつまらないことである。

人間にはいろんな人種があるけれど、生物学的に言えばこれはすべて亜種、変種、地方型であって、種《スピーシース》としては同一なのである。ヒットラーは『わが闘争』の中で人種論をぶち、「自然には動かしがたい法則がある。いかなる動物も同じ種の仲間とでなければ交わらない。ヤマガラはヤマガラと、ウソはウソと、雄のコウノトリは雌のコウノトリと、野《の》鼠《ねずみ》は野鼠と、二十日鼠は二十日鼠と、雄の狼は雌の狼と交わる」などと見当外れのことをわめいているが、これはこの一種の天才児がやはり正真正銘のバカであることを証明するに足りる。どんな人間も、相手がユダヤ人であれブッシュマンであれプカプカ島の住民であれ、いずれとも交わって子供を生めるし、さらにその子は子孫を残すことができる。そればかりか私は、ホモ・サピエンスはホモ・プレクルゾリウスとも混血可能なのではあるまいかという仮説まで有するが、これは重大な秘密に属し、うっかりこんなところに書いてしまっては大変である。

ともあれ、この地球と呼ばれる美しい遊星、その上に生ずるありとある諸々の事象が、この人間の目にのみ、いま我々が見ているような姿で映るということは、一種身ぶるいを誘うほどの事実ではなかろうか。なにも下等動物の視覚をいうのではなく、白鳥座連星系61の惑星人の目に映ずる地球も、もはやわれわれの地球ではない。話が余計なことになったが、北十字星とも呼ばれるこの白鳥座の星のなかにはいろいろと記憶すべき事柄があり、まず最初に星までの距離が測られたのがこの星座の左上にかすかに光って見える白鳥座61で、一八三八年すでにおおよその距離が判明している。この連星系には惑星があると推定され、そればかりかウインのシュタインホーフ州立病院在住の天文学者トリトンスホルン氏は、つい先ごろその惑星に高等生物の存在を報告した。氏は書いている、「余は遂《つい》に十六倍の大望遠鏡を完成し、白鳥座星人61の横顔を観察するを得た」氏によれば、この惑星人たちはおよそ何にもせず、やることといえば日がなシャボン玉を吹いて暮しており、四方の風景を映したシャボン玉がくるくると回ってパッと散ると、「消えた、消えたあ、シャボン玉」と、声をそろえて唄うのだという。どうしてそんな唄なんぞまで聞えたのかという質問に対し、トリトンスホルン氏はこう述べた。「白鳥座Aはラジオ星なり」

どうもあまりにも話がそれて自分でも収拾がつかなくなったが、まかり間違っても、私が人類愛を説いているのだなどとは夢にも思わないで頂きたい。私はガブリエル・マルセルの次ぎの言葉が好きだ。「私は齢をとればとるほど人間をいよいよ愛するようになったと自分には思われる。たしかに人類とは言わない。『人類』というような、幻想とあやまった影像をひきおこさせる抽象的な言葉は大嫌いだからである」私はといえば、まだそれほど齢をとったわけでもないから、人間だって大して愛していない。

照洋丸はアラブ連合政府の依頼をうけて帰途地中海と紅海で漁業調査をやることになっているので、スエズではアラブ連合の役人が船の主だった連中を夕食に招き、私も同席した。

はじめホテルのロビイでビールを飲んだが、ここのビールはステラという名であまりうまくない。そういうところにも行商人がアクア貝の小さいみたいな奴を売りにくる。靴みがきが小箱を肩からさげてやってくる。更にトルコ帽を売りにくるが、二十五ピアストル（一ピアストルは約十円）と言うのを三つで五十ピアストルにしろと値切っていたところ、役人が口を出したら忽ち一つ十二ピアストルになってしまった。この土地も掛値が甚だしく買物には注意を要する。

食事はキャバロという羊肉で臭みがあって我々には口にあわない。パンはトウモロコシの粉のはいった平たい奴で、見かけよりはマシだが特に食欲を誘うということはない。役人たちはしきりに「うまいか？」と尋ねる。みんなは「うまい、うまい」と言いながら無理をして食べている。

そのうちM・ラムジー氏という農林省の若い役人が私に自分の症状を訴えはじめた。彼はやせ型の、くるくるとよく動く愛嬌のある目をもった好人物だが、身ぶり手ぶりをまぜながら甚だ大仰に胃腸のわるい悩みを述べたてた。今まで四人の医者に診てもらったがどうしてもよくならぬ。薬もさんざ飲んだがちっとも治らぬ。もうこの通りすっかり頬がこけてしまった。だんだんと訊いてゆくと、この男は実にありとあらゆる症状を具備しているのである。胃酸過多かと思えばその症状があり、痛むのかと問えば、そうだ、胃痛だ、もの凄い、と言う。吐気がするかと問えば、その通り、もの凄い、と言いながら今にも悶絶せんばかりの表情をする。一時はジュースしか飲めず、この通りげっそり痩せてしまった。そのくせレントゲン検査をしても胃液をとってもちっとも原因がわからぬ。食欲があるかと問えば、いやもう全くないと言いながら、見ていると平たい丸パンを忽ちのうちに平げ、羊肉をガツガツとほおばっている。食べ終ると、食事をするとどうも胃が痛むと顔をしかめてみせる。煙草は良くないと言えば、オー、オー、煙草はいけない、とてもいけない、と言う口の下からプカプカふかしている。結局私は、彼には自律神経の失調があるが症状はほとんど神経症的《ニュウロティック》なものと判断をくだした。それならば私の専門である。

出港の朝、私は船にきたラムジー氏に薬を与えると共に、酒を飲んだり煙草を沢山のんだら保証はしないとダメを押しておいた。彼は手を大仰にふりまわし、煙草は吸わぬ、酒も飲まぬ、あれは胃に実によくない。どうだかな、と私は思った。ところがこの薬がかなり効いたらしく、照洋丸が再び戻ってきたとき、私はこの好人物の役人氏にまさに抱擁せんばかりに迎えられたのである。

スエズ運河は全長およそ百六十キロ、船は船団をくんで進み、途中にあるいくつかの湖で待ちあわせて行きちがう。所要時間は一定しておらず、私たちの場合は往きは十三時間、帰りのときは十九時間を要した。運河パイロットは途中で交替するが、昔はほとんどが英仏人だったのがスエズ動乱以後は急速に減り、現在では一人の英仏人もいない。前半を案内したギリシャ人パイロットによると、そのときの人種別はエジプト人一一〇名、ギリシャ人四二名、ソ連人二六名、ポーランド人一五名、イタリア人五名、アメリカ人四名となっている。そのほか船首にとりつける探照灯係り二名、ボートマン六名が船にのりこむ。

運河は延々とつづく。左手のエジプト側にはいくらかの木立があったり、家屋が見えたり、遠くにラクダの群が見えたり、沿岸を車が走っていたりするが、右手のサウディアラビア側にはただ砂のゆるやかな起伏があるばかりだ。黄白色の砂が見わたすかぎりつづき、乾ききり、樹木一本見あたらない。暗くなると船団の船はみなサーチライトをつける。後につづいた船のライトが眩しく私たちの船の後ろ半分を照らしだすが、自分の船のライトはそれほど明るく感じられない。

運河を通過中、船の後甲板にゴザをひろげてラクダの置物、絵ハガキ、敷物などを売っており、私はこんなところにまで物売りが入りこんでいるのかとびっくりしたが、それはスエズ運河会社のボートマンなのであった。彼らは二人組くらいで運河を渡る間に商売をしているので、おそろしく高いことを言ってほとんどまけようとしない。一つも売れなくてもユウユウと坐っている。どうせ運河は毎日往復するのだし、その間に一つでも高く売りつければそれでいいという魂胆らしい。

ポート・サイドには夜の十時半に着いた。港の灯が波に映えて美しい。こんな時刻でも早速物売りの小舟がこぎよせてきたが、その中に一人図抜けて日本語のうまい若者がいた。国定教科書を棒読みするような話し方をする。

「エージェントはまだですか。おかしいなあ」「はいはい、何でもあります」「元気ですか」「えい、仕方ない、まけた」「ジュウタンいろいろあります。今のうちに買えばよい」「どこの金でもあります」などと言う。名前を訊くと「ヤマモト」と言い、本当のをと言うと「マモ」と答えた。

彼が「本船はイタリアへ行くのですか」と訊くので(船では自分の船のことを本船と呼ぶ)、私がうっかり「イタリア、ドイツ、そのほか沢山行くだ」と答えたら、まわりにいた連中がドッと笑った。こっちの日本語の方がよほどおかしい。

ほかの物売りたちもちっとは日本語をしゃべる。彼らはどえらく簡単に値をひくが、丸っきり抑揚をつけずにこう言う。「エイ、シカタナイ、マケタ」

ポート・サイドは午前中大急ぎで町をまわっただけである。スエズよりずっと開けた街で、子供たちが我がちに集まってくるようなことはない。ちょうど小型の戦車が十台ほど地響きを立てて通りすぎた。人々は別に歓呼もしないが群をなしていくらか得意げに眺めている。一人が、ジャパン？　と訊き、ナセルが明日くる、この道を通ると誇らしげに語った。

町角には馬車が幾つもとまっている。黒ホロをつけたかなり立派な馬車で、馬もさすがにアラブ種の産地だけあってなかなかスマートなのがいる。街を歩いていると御者が声をかけて乗らないかと誘うが、おかしなことに客を乗せているところを一度も見たことがない。サトウキビを手押車につんで商っている。黒衣に黒ベールの女も目につくが、これはスエズより少ない。大抵はホテイのごとく太って腹のでた中年すぎの女で、若い女は普通の洋装をしている。子供が平たいパンを籠に入れ、それを頭にのせて歩いている。四辻《よつつじ》の真中に台に乗って警官が交通整理をしているが、自動車がくるとすぐさま青にしてしまうし、大体通行人が信号を全然無視して勝手に歩いている。

午後出港。スエズ動乱のときのマストだけ残して沈んでいる船を横に見、長い防波堤を抜けると、ここはもう地中海である。青いがどことなく冬らしいしずんだ海の色であった。室内はセーター一枚でいいが、甲板に出るとさすがに潮風が冷たい。ラジオにはいろんな国の言葉が数えきれぬほどはいる。ダイヤルをまわしているうちホワイトクリスマスが聞えてきた。ついこの間まで夏姿だったので忘れていたが、そういえばもうクリスマスが迫っているのだった。これから大西洋に出てアフリカ西北岸ぞいに南下し、マグロ漁をやってからリスボンに寄るまで三十五日間、全航程中で一番長い航海となる。

数日おきにあった清水風呂が海水となった。風呂にはいって指をしゃぶってみると、なるほどたいへんに塩辛い。

ドクトル、閑中忙あり

パリで友人のTと会ったとき、「ギリシャの海を見たかい？　葡萄酒色をしているだろ。ホーマーにある通りだよ」という話がでた。そりゃ赤潮か何かじゃないかと言うと、いや、そんなヤッカイなことは俺は知らぬがたしかに葡萄酒色だと彼は頑張る。私は帰途ギリシャの下あたりを通るときずいぶん注意していたが、ついにそんな海の色にはお目にかかれなかった。

もっとも海ほど季節と天候によって変幻自在のものはない。群青色にひろがった海が、荒天の下ではたちまち鉛色の溶岩のうねりと化してしまう。なによりも海はそのときの陽光と空の色合に敏感に反応する。よくインド洋の藍、紅海の深緑、地中海のライト・ブルー、ビスケー湾の浅緑などというが、ごく大ざっぱの比較であろう。南支那海から戻ってきて台湾沖にくると、なるほどこれが黒潮だなと合点がゆくが、日本から出てゆくときはその黒潮もけっこう鮮やかな藍色に見える。

地中海を通りすぎる間私たちの見た海は、人々の讃える明るい地中海とはおよそかけ離れたものであった。雲は暗澹《あんたん》とたれさがり、その下に海は冷たく暗くわきかえっている。船窓に波がぶつかりその光景も一瞬にかき消されてしまう。船は船首をぐっともちあげ、次ぎの瞬間大波の中に突っこんでゆくと、飛沫が驚くほど高くあがり、そいつが凄じい勢いで操舵室の窓まで叩きつけてくる。シーンとかすかな音を立てて丸い回転窓がまわり、当直員は憂鬱そうに窓にしがみついて前を見すえている。波は一定せず、あちらからもこちらからもほしいままにやってくる。「玄界灘みたいだ」と船長が言った。これが太平洋だと堂々とした巨大な波が一定の方角から次ぎ次ぎと押し寄せてくるそうである。

クリスマスの晩、この船としてはなかなかの御馳走を前にしてさすがに私は食欲がなかった。煙草を吸おうとするとぐっと吐気がやってくる。それでもビールを一本ほど飲み終る頃には全然何ともなくなってしまった。やはり酒は飲めた方が得なようである。それに船では揺れのため、ちょうど高山の希薄な大気の中で飲むように、一本のビールくらいで結構いい気持になれるし、港では税ぬきの安い酒を手に入れることができるから、なおさら酒飲みの天国である。シンガポールで買ったジョニイ・ウォーカーの赤は八百円するかしないかであった。

ジブラルタル海峡に近づき、ヘラクレスの柱を望むころには海は凪ぎ、小春日和のようなのどやかな天気となった。甲板では大仰な格好でモチつきが始まる。餅つきというものは大体が日本人が見ても凄じいもので、おそらくジブラルタルの監視員は望遠鏡でのぞき、何事ならんと大いにあやしんだにちがいない。警報くらい発したかもわからない。

ところでアルジェリアはとうに過ぎ、スペインも過ぎようとし、更に海図をのぞけばタンジール、カサブランカ等の名を見るにおよんで、一顧《いっこ》もせずに過ぎさるのは私にとってヘソのゴマ粒をとられるより辛いことであった。私はマグロをとるのも結構だが、こういう港々に上陸して女たちにマグロの缶詰でもくばったほうが、どのくらい我国の市場開発に役立つかわからぬということを力説したのだが、てんで聞きいれて貰えなかった。もっとも私の言うことをいちいち聞きいれていた日には、今ごろは照洋丸は幽霊船と化し、どこかわからぬ海の涯《はて》を乗員もなく漂っていることになったかも知れぬが。それにしてもチーフ・オフィサーは私の進言を実に二べもなくはねつけたのである。

「ドクターなんぞが上陸した日には、たちまち対日感情がわるくなる」

私は日本を出るとき、なんで大西洋くんだりまでわざわざマグロを獲《と》りにゆくのかといぶかったものだが、すでに日本のマグロ漁船は遠く大西洋に二三十隻《せき》も出漁しているのである。彼らは南米やイタリアを基地とし、赤道近くで操業して獲物はそのまま外地に水揚げする。

　アフリカ北西海岸の地図をひらくと、その沿岸に、カナリア諸島というのがあり、さらにその南にヴェルデ岬《みさき》諸島というのがある。このカナリア諸島からは、先ごろある英国人が風船にのって大西洋横断に成功した。英国人という奴はトンプスン少佐みたいな格好をしているのかと思うと、ときどき妙なことをしでかすので、同じころアッシュ氏とかいう工業学校の先生が、聖ブレンダンがコロンブスより二百年前に米大陸を発見したことを実証するため、当時と同じ船で、すなわち風と海流だけで大西洋横断をくわだてているという船内新聞の記事をよんだ。そこで私も負けずにアクアラングをつけ、サメのいる海に潜るという計画を立てたが、これはみんなの猛反対を受けた。私の一命を気づかってくれたというより、おそらくは船に一つしかないアクアラングの損失を恐れたのではあるまいか。ともあれ照洋丸はこのカナリア諸島からヴェルデ岬諸島の周辺にかけてマグロ漁を行なったのだが、ヴェルデ岬は中世にはまだ地の涯と見なされたところである。十五世紀の中頃ようやくポルトガル皇太子エンリケの探検隊がここに達し、はじめてヨーロッパに黒人奴隷を連れかえった。従ってリスボンは黒人売買の最初の中心地であった。

　私たちの船はカサブランカ沖を過ぎ、しばらくはアフリカの沿岸づたいに南下していった。アフリカは六浬《カイリ》の彼方に、海と空の中間の色彩で、ほそく一直線におどろくほど起伏なくつづいている。小さな島国に生れた者にとっては、それはいかにも涯がなく、窺いきれぬほど暗黒なものを蔵しているかのようだ。

かつてダーウィンは人類アフリカ発生説を立てたが、最近タンガニーカで七十万年前の原人の化石が発見されている。またアフリカには死に関する神話が沢山あり、ズールー族のものはこうである。神様がある日カメレオンにむかって、さあ人間のところへ行って「人間どもよ死ぬな」と言ってこいと命ずるのだが、命をうけたカメレオンはノンキにのろのろと進み、途中で桑の実を食べたり日向ボッコしたりしている。その間に神様は気が変って（実際神さまというものは大抵どえらい気まぐれ者である）トカゲを呼んで逆の命令を与える。トカゲはのんびりしているカメレオンを追いこし、人間のところに先にやってきて告げる、「人間どもよ死ね」それ以来いかなる人間も死を免《まぬが》れなくなったというのだが、私は怠け者のカメレオンをむしろ祝福したいと思う。死んで惜しいと思う人間はいくらもいないが、死んだら祝砲をブッ放したいと思う人間はマサゴの数ほど目にはいる。

先の航海で照洋丸はタヒチ島からの帰途一人の病人を積みこんだ。それは漁船の乗組員でタヒチの病院にはいっていたのだが、少しも良くならず、本人がどうしても日本へ連れ帰ってくれと泣いて頼むので乗船させ、そのときはドクターが乗っていなかったので万能のセカンド・オフィサーが注射をつづけてやったが、赤道を越える頃とうとう息をひきとってしまった。遺骸は日本に持ち帰るよう冷凍室に安置した。「ところが、さあそれから急にコワくなって、誰一人その部屋に近寄れなくなってしまったんですよ」とチーフ・エンジニアが話してくれたが、あまり彼が怖そうな顔をするので私は思わず失笑した。しかしこれは笑う方が間違いなのであって、死んだ方がマシな人間がいくらいたとて、死そのものはやはり虔《つつま》しい根元的なものであり、その前では怖れおののくのが本当である。

医学教育はまずフォルマリン漬けの死体を切りきざむことから始まり、そんなものは平気にならねばならないのだが、こうして医者は次第に愚かになり、生命と共に死をも尊ぶべきことを忘れてしまう。なによりも人間について自分が相当の知恵をわきまえているように錯覚するので救いがたい。

それでも有能な医者は沢山いる。たとえば大学病院に長いこといる医者は次第に専門化され、専門のこととなると嫌でも博学になるが、博学すぎて注射をさせれば恐ろしく下手だし、平凡な病気のことは忘れてしまう。へんな頭痛のある患者がくれば、さてこそと眼底を調べ、脳波をとり、空気造影法をほどこして頭部レントゲン写真をとり、家族はさすが大学だと感服し、患者はおどろいて益々頭が痛くなってしまうが、主治医は実は自分ではちっとも手を下さないのである。鼻がつまれば耳鼻科を呼び、ニキビができればすぐ皮膚科を呼ぶ癖がついているから、いよいよとなればボウズまで呼びかねない。それでも彼らは有能な専門家たちだから、寄ってたかって治る病気は治してしまう。治らなくても診断だけはつけてくれる。むずかしい病気だったら大学に行った方がいい。

ところが船医となると滅多にない病気に診断をくだす技倆《ぎりょう》は要しないが、ざらにある病気はなんだって治療しなければならない。『わたしのお医者さま』という映画があったが、若い船医の乗りくんだ船で盲腸患者がでたとなると、すぐさま船大工は棺桶を作りだし、こっちでは水葬の準備を始める。映画では医者がブリジット・バルドーなんぞと見事手術に成功しメデタシメデタシとなるが、原作では次のようになっている。彼が懸命に手術の準備をし本を読みかえしてから患者を見にゆくと、患者は魚とジャガイモのあげたのを食べビールを飲んでいる。

「一体どうしたんだ、このざまは」と医者はどなる。「何も食べてはいけないと言っておいた筈じゃないか」

「すみません、ドクター。でもひどく気分が良くなったもんで」

「良くなっただって？ 良くなったかどうかを決めるのは僕の役目じゃないか。君はただ自分でよくなったと思いこんでるだけなんだ。君のはたしかに盲腸炎なんだよ」

「一つだけお聞きしてえんですが」と相手はすっかり恐縮して言う。「盲腸を二度切りとるなんてことはあるものなんでごぜえますか？」

「二度？　それはどういう意味だ？」

「へえ、初めてのときはバーケンヘッドで切ったんですが。あっしが六つのときで……」

宇宙精神医学研究室主任の私に、これ以上のことを期待したとてそもそも無理というものであろう。

私はそれでも日に平均四・六名、延べ七六〇人の患者に投薬したり注射したりしている。一人も患者がこない日もあれば二十名以上の日もあった。もっとも患者とはとても言えず、臼《うす》でひいても死にそうもない身体で飯を六杯ずつ食べ、更にもっと食べようというコンタンで腹の薬を貰いにくる者もある。こういうのは仕方ないから治療簿に「消化不良」と記入する。

チーフ・エンジニアが綿をマッチ棒の先につけて耳をほじくっていたら、綿だけ耳の底に残ってしまった。反射鏡をつけて覗くと、奥も奥、一番奥の鼓膜《こまく》のところにぴったりはりついている。そいつを取ろうとするといかにも痛そうでなかなかとれない。私もこれには弱ってしまい、そこに二人ばかり注射にきたので、あとでゆっくりやろうといったん帰したところ、彼はいかなる魔術を用いたのか自分で突っつきだしてしまった。「ドクター、あれ、とれましたよ」と嬉しそうに言うが、「外聴道異物《がいちょうどういぶつ》」などと書くのもバカバカしいから私は治療簿にこう記入した。「天下の奇病。使用薬品、なし。処置、魔術」

サード・エンジニアが歯ぐきをはらして唸《うな》りながらやってきた。熱も三十九度以上ある。これは歯の根っこに膿《うみ》がたまって圧迫するので大変に痛いものだが、歯の底を破って膿を出すなんて芸当はできぬし道具もない。道具があったとて、私は頭蓋骨に穴をあけて脳の一部をきる手術ならやるが、歯医者のような野蛮極まりない真似はとてもできぬ。ペニシリンを注射しても歯の病菌は嫌気性菌が多いから効果はないのである。そのうち熱は高まるし唸り声も高まるので、とうとう歯ぐきを横から切って膿を出してしまうことにした。最初ちょっぴり切ったらすぐ傷口がふさがって再び腫れてきたので、次ぎには麻酔剤をたっぷり注射しておいて十文字切開をした。彼は大粒の涙をこぼしたが、私とて死ぬる思いだった。ヘイツィ・エイビブと呼ばれるホッテントットの神の加護により、サード・エンジニアは死なないですんだ。

たとえ死んでも病気になんぞ決してかからず医務室に絶対顔を見せない人もあるし、もうヤタラと風邪をひいたり腹をこわしたりあちこちすりむいたりする人がある。炊事係の一人がそれで、指をニンジンと間違えて切ってしまう、煮たった油をこぼして足の甲全体におそろしくでっかい水泡を作ってしまうで、三日とあげずに私のところにやってくる。はじめ私は、船は揺れるのだからなるほど炊事する人にケガが多いのは無理もないと思っていたが、ほかの炊事員には別段のことはなく、どうやらそれは彼の天性であるらしかった。

船員には神経の太い人が多いと人は思うだろうが、全部が全部そうではなく、不眠症なんかは相当に多い。乗船したばかりのとき、私はこんな噪音と振動の中で果して眠れるものかと危懼したものだが、人間の適応性というのは恐ろしいもので、しまいには港に着いてエンジンがとまりあたりがシーンとしてしまうとかえって寝つかれなくなった。これは他の人も同様らしく、ジェノヴァで電灯も消し完全に動力をとめてしまったあと、不眠症患者が続出した。船の人たちは不規則な当直《ワッチ》があり、たとえば十二時―四時の場合は暁方に寝こみ、間もなく朝食となり、ぐずぐずしていると次ぎのワッチになるという具合で、寝つきがわるいことは陸の人たちより重大な結果を生む。ネギを置いたり足を洗うくらいのことで眠れる人は幸福である。フランクリンは冷たいベッドが好きで、四つのベッドを並べておき、一つのベッドが暖まると跳ねおきて次ぎに移るというヤッカイなことをしていたそうだが、何をしたとて眠れないときはやっぱり眠れない。

一人機関部員で、奥さんが病気になったと手紙がきたまま、次ぎの港にも次ぎの港にもその後の報《しら》せがなく、すっかり落着きを失って強度の不眠を呈した者があった。長い航海にでて手紙を待つ気持は特別のもので、私のようにアマノジャクで初めは手紙なんぞと思っている者でも、港々と日が経つにつれ、やはり手紙がこぬとワメキちらし、来ればたわいなくふやけてしまう有様だから、船員の家族の人は充分に気をつけなければなるまい。その男は一服の薬ではとても眠れず与えた薬を一ぺんに飲んでしまったりするので、ついに私は彼のもっとも怖れている注射をすると言って脅迫したりしなければならなかった。

　地中海を出るとき局長が言った。「これから南に行くと十何隻日本の漁船がいて、大抵ドクターは乗っていないから、もし医療通信をしてきたら宜しく頼みます」

　冗談じゃない、そんなに沢山面倒を見きれやしないと私は思ったが、果然何日かたって局長がぎっしり仮名の書きこまれた電報用紙をもってきた。スワいかなる重病かと私は青くなり、慌てて読みくだすと要旨は次ぎのごときものであった。

「ボウデミミヲツツイテイタラ、ウシロカラヒトニオドカサレテケガシテシマッタ。ペニシリン三〇マンタンイウツタガカノウシテシマッタ。イカガシタラヨイカ」

　これには私もギャフンとなったが、ペニシリンを六〇万単位にふやせとかその他ありきたりの処置法を無電で打ってやると、しばらくしてまたその船から電報がきた。

「コノマエノハオカゲデナオリマシタ、ドクターアリガトウ」という始まりで、今度は誰かが神経痛になったという。この船からは都合三べん通信があり、いま思いだしてみても私はこの第二十八〇〇丸とかにふしぎな懐かしさと親しみを覚える。

だが何といっても、特記すべき事故は司厨長《シチョージ》の場合であろう。このときはサード・オフィサーがとびこんでくるなり「ドクター、カンファー」と怒鳴ったのだが、事態はこうである。司厨長は野菜倉庫《ヴェジタブル・チェンバー》にはいってゴソゴソやっていたところ、開けてあった扉を誰かがうっかり閉めてしまい、もう叫べども叩けども外に聞えず、まさに窒息せんとしたところを救出されたのであった。

アフリカ沖にマグロを追う

一九五九年の初日の出はちょうど北回帰線上に迎えた。ヴィリアシスネロスの沖合である。

船はエンジンをとめて薄明《はくめい》の洋上に漂っている。やがて東の海上に朱色が流れると、見るまに真紅の平たい円盤が水平線の彼方にせりあがってきた。雲一つない、海と太陽と空だけの、異様なまでに単純化された景観である。かなり早く昇る。その姿がすっかり水平線を離れてしまうと急に眩ゆくなり、燃えあがる輝きを凪いだ海面にながした。

ここ二三日、空は雲というものの存在を忘れてしまったようだ。突きぬけるように青い丸天井の下で、海は南下するに従ってその濃さを増してくる。地中海では冬姿だったのがもう完全にポロシャツ一枚で、日ざしに出ると肌がじりじりするのがわかる。快い暑さである。

明日から操業開始というので、元旦一日は漂泊したままのんびりした刻《とき》をすごした。正月料理をパクつきながら、コステロ氏がしきりと額と腹を押してみている。何のことかと思って聞くと、彼がいつも乗っているマグロ船では漁がはじまるとろくに寝る閑もない。飯を食べながらいつの間にかトロトロ居眠りをしている。ハッとして目ざめると、もう何杯食ったのか、食べたのか食べないのかもわからなくなってしまう。だからこうして額と腹を押しくらべてみ、双方が同じ硬さになったら食べるのを中止する由。

マグロ延縄《はえなわ》漁は、暁方の四時に始まる。まだ暗闇に包まれた船尾で、灯火の光を頼りに次ぎから次ぎへと冷凍のサンマが鉤につけられて海中へ投げこまれてゆく。二十マイルの長さにボンデンという浮子をつけた幹縄が流され、これに四十メートル間隔に八百本の枝縄がたれ、その先に鉤がついている。ながし終るのに二時間かかるが、本当のマグロ漁船だとこの二倍以上の縄をおろすそうだ。

縄をながし終ると、船は標識にそって引返し、午前十時から縄をあげはじめる。この船では午後の二時か三時には縄をあげ終り、獲物の処理も四時頃には終ってしまうが、普通のマグロ船だとときには夜中までかかるそうで、ろくに寝もせずに次ぎの縄入れになる。いよいよ操業が始まったので、私はメス、鉗子《かんし》、縫合針などをすっかり消毒し、今にも足がちょんぎれたり首がちょんぎれたりした怪我人が現われるかと待っていたが、一向にその気配がないので、ブリッジに行って下の甲板を眺めた。縄巻揚機《ライン・ホーラー》が勢いよくまわり、やがて次ぎ次ぎと黒紫色にかがやく大きな魚が甲板にひきずりあげられてくる。跳ねまわる奴を掛矢《かけや》で二撃三撃するとようやくおとなしくなる。私の横にいた船長が意地わるくも言った。

「ドクター、あれは何です?」

私は丸のままのマグロなんか見るのは生れて初めてなので、仕方なく、

「マグロのたぐいでしょうな」

「何マグロです?」

「ビンチョウですね」これは図鑑で名前だけ覚えておいたのである。

「どうしてです?」

「ビンが長い」

「ビンとは何です?」

「…………」

「ビンとはヒレのことです。それにあれはキハダです」

これでは生物学主任の面目丸つぶれである。かくてはならじと私は怪我人を待つのは中止して甲板におりてゆき、マグロの脳天にポンコツを喰わすのから、エラや内臓をとりのぞくのから、一通りのことをやってみたから、今では大抵の陸《おか》の人間よりはマグロ通にな

っていると思う。操業中は刃物をあつかうので小さい傷はちょいちょいあったが、縫うほどの怪我は一度もでなかった。やはりあんなドクターのいるところでうっかりケガでもしようものなら忽ち惨殺されてしまうにちがいないと、船員たちも緊張していたせいであろう。

私たちはヴェルデ岬諸島の周囲からカナリア諸島にかけ十六回の漁をしたが、北の方にはビンチョウが多い。これは長い胸ビレを横にぴんとはったところが似ているところからトンボとも呼ばれ、欧米では缶詰用としてもっとも尊ばれるが、サシミには少し臭みがある。メバチはマグロの中で一番大きく二メートル以上のものがいくらもいる。普通のスシ屋でホンマグロなどと称しているのは大抵はこれだ。南に下るとキハダが多くなる。揚がったばかりのキハダの肌は金いろに輝いて実に美しい。大体魚類は死んでから一二分の間はシイラでも何でも実に見事な光沢を放つが、ほんのしばらくでこの脆《もろ》い光輝は失われてしまう。これらにまじってクロカジキ、メカジキなどのカジキ類があがってくる。『老人と海』の映画でおなじみの長いヤリ状のクチバシを持った奴で、これが海中から空中へ躍りあがるさまは壮絶だ。この辺のカジキは太平洋のものに比べ勢いがないそうで、揚げられたときはすでに死んでいるのも多かったが、一度だけ素晴らしい光景を見た。そいつはかなり遠くの海面に姿を現わし、幾度も黒く輝く長大な全身をシブキと共に空中にさらして垂直にとびあがってみせた。こういう巨大な奴はワイヤーをかけてひきずりあげる。甲板にあげるとクチバシをすぐ鋸《のこぎり》で切り落してしまう。ひきあげる際に跳ねおどったカジキのクチバシに刺されて死んだ漁夫もあるのである。今回の操業中一番大きかったのは三メートル二十のクロカワカジキでおよそ七十貫あったが、甲板員の一人の話では、彼の乗っていた漁船では百四十貫のカジキをあげたことがあるという。このときは幹縄が獲物の重みで沈んでしまい浮子のビンダマが幾つも割れた。

サメもいくらでもかかってくる。舷側にひきよせられると、こいつにはマブタがあって、実にうらめしそうな目つきでぱちりと目ばたきをする。サメを一々引上げていては始末に困るから、この船ではひきよせておいて口元で糸を切ってしまう。すると不気味に青白い腹をくねらし、小憎らしいほど悠然と泳ぎ去る。ちょっとやそっと切り裂いても死にそうにない面《つら》がまえだ。自分で暴れて縄にからまった奴は仕方ないからひきあげて頭を斧《おの》で叩き切る。胴体はなおくねりまわるからズタズタに切り裂く。それでも肉片はピクピク動いているし、心臓はひとりで長いことモコモコと脈打っている。およそ原始的な生命力なのである。

船乗りの間ではサメは伝説的な存在になっているが、これも無理はないので、折角の獲物のマグロもその一二割は、むざんに胴体を喰いちぎられたり、頭だけになっていたりする。そのいずれもが傷口は実に汚ならしく、いかにも残忍にかぶりついてふりまわして引きちぎったという感じだ。さらに彼らの姿態そのものが、柔軟な腹部のその青白さが、原始的な恐怖と憎悪をさそうことは充分に首肯《しゅこう》できる。

夜、船がエンジンをとめて大洋のただ中に漂泊しているときほど、海の測りがたい広漠さが身近に迫ってくることはない。暗いうねりが静かに船体をゆらし、舷側はかすかにピチャピチャいう音を立てている。甲板を照らすサーチライトが海面にも及んでいるので、うす褐色のイカが集まってきて暗い海中を漂ってゆく。ときにはビュッと水を噴射してすばやく逃げる。小さなトビウオが海面をはねる。さらにサメの不気味なかげが二つ三つと光のとどかぬ海中にうごめく。その青白い腹部がくねるさまはまるで幽鬼《ゆうき》のようだ。トビウオを餌に太い糸をたらすと、この貪欲な海の狼はわけもなくかぶりついてきて引上げられる。船員はマグロのように彼らをなぐりはしない。その代り憎しみをこめてズタズタに切り割き、海に捨ててしまう。そのあとにも、特有な生臭い臭気はいつまでも甲板にこびりついて容易にとれない。

『青い大陸』のフォルコ・クィリチによれば、このふてぶてしい海のギャングも、砂糖水を飲ませればコロリと死ぬという。彼らは手近にあった砂糖入りの紅茶で実験して成功した。これは面白いからぜひ試みてみようと思ったが、帰途紅海で漁をするときでもいいだろうとノンキにかまえていて遂に機会を失ってしまった。一メートルもない手頃なネコザメが釣れたときも、なにしろ操業中は戦場のような忙しさで、砂糖水を作るまで待っていてくれとはとても言えないのである。紅海では非常な不漁で、折角砂糖水を用意して待っていると一匹も釣れず、幾匹もかかる日は準備ができていないというふうで結局やらずにしまった。しかしみんなが伝え聞いて、サメがかかると、

「ドクター、砂糖水！」とどなる。

なかには間違えて聞いた連中がおり、「サメだあ。それ、コーヒー、コーヒー」

船長苦笑して、「なんだ、今度はコーヒーか。だんだんサメも贅沢になってきやがったな」

　カジキやサメにはときどきコバンイタダキが吸いついている。こいつの吸着力は実際大したもので、甲板にでも吸いつこうものなら大の男が引っぱってもビクともしない。コバンイタダキも相手には身分相応のものを選ぶらしく、スギヤマカジキという細っこいカジキを釣りあげたときには、八センチほどのかわいらしい奴がくっついていた。

　稀には砲弾そっくりのカツオがかかり、大きなうす紅色の金魚のお化けみたいなマンダイがかかる。またマンボウという更に奇態な銀白色の魚がかかる。こいつはよく海面に浮

んで昼寝をしていて、少々突っついたくらいでは平気でいるそうだ。とにかくこいつの形態はベラボーであり、やはりアタオコロイノナの息のかかった代物《しろもの》としか思えない。その真白な肉はイカとカニとエビをつきまぜたような味がする。奇妙といえばミズウオという細長い魚は日向においておくと溶けて水になってしまう。よくマグロの胃の中からも出てくる。

獲物はすべて体重体長から雌雄、卵巣の成熟度、胃の内容物まで調べるのだが、メバチの胃の内容に「イカ、貝」というのが多いので私はふと思い当り、調べると果してカイダコ（アオイガイ）であった。この貝殻は雌の第一腕《わん》から分泌形成されるもので、海面に漂いながら彼女はこの中に卵を産みつける。貝類だかタコ類だか見当のつかない奴で、図鑑によって或いはタコのところ或いは貝のところに記載されている。

ある日、操業の最中、船の左舷《さげん》百メートルほど先に一頭のクジラが現われた。クジラは少数ならどこの海にもいるのである。さすがに大きく、「神、巨《おお》いなる鯨《くじら》を創りたまいき」などという言葉を憶いだすような貫禄である。ときどき低くビュッと潮を吹きながら、船なんか眼中になく悠々として泳ぎ去った。

食卓には毎日毎日マグロの刺身の大皿がでる。しまいには見るだけでうんざりしたが、それでも箸をつければ結構うまい。生の肉が一番飽きにくいもので、煮たり焼いたりしてはすぐ鼻についてしまう。なにしろ甲板で切身《フィレ》を作っているところへ行き、自分で出刃をふるって頭のうしろの肉とか極上のトロを一片失敬し、炊事場へ持って行けば夕食の席にそれを出してくれる。しかし獲りたてのものはいくらか固く、二日ほど置いたものが最もうまい。メカジキのトロなどは女の腿よりも白いとろけるような脂肪で、とても魚肉とは思えないほどだ。さらに船上でのマグロの処理の贅沢さは陸ではとても想像できない。二十人前くらいのサシミのとれる肉片が、惜しげもなくぽいぽいと海中に投げ捨てられる。そして毎夜食卓にはぶ厚いトロの山。これでは飽きるというよりも、これからのち金をはらって安っぽいサシミを食うなんてことは絞首刑よりつらく思われてくる。

ただひとつ残念なことに、船には本物のワサビがなかったことで、もしいくらかのワサビを入手できるのだったら、私は魂の二つや三つ平気で売りとばしてしまったろう。中世の末、インドの調味料がほしいばっかりに東洋航路がひらけていったのもまた宜《むべ》なるかなである。

リスボンに向ってカナリア諸島の下にさしかかった頃、左舷におよそ百頭ほどのイルカの群が出現した。彼らはいつも船と平行して競争し、しばらくの間目を楽しませてくれる。律動的に弧を画《えが》いて数頭ずつスパッと空中にとびあがる。おもに人だかりがしているので行ってみると、船首すれすれに四頭のイルカがついて泳いでいる。余力がないのかあまりとびあがらず、やがて二頭が左に脱落し、あとの二頭は今にも船に突きあたりそうになりながら方向を変えず十分ほど力泳していたが、やがて左方にそれて行った。

イルカが跳ねるとシケると言われるが、翌々日から次第にうねりが高まってきた。最後の操業の日は大波が甲板を洗い、それにつれて並べてあるマグロが右往左往すべりだすといった有様。私は登山のヤッケに身をかためノコノコ甲板に出て行ったとたん波をくらって仰向けに転倒し、マグロにしがみついたままおし流され、ホウホウの態《てい》で退散した。船室でも机上の品物が横辷りを開始する。もうそれにも慣れてきて、ウイスキー・グラスが辷っていっても慌てて抑えたりはしない。横目で窺っていると、またツーツーと手元に戻ってくる。そこを摑まえてグビリとやると、ちょっとした船乗り気分である。

しかし調子にのって飲みすぎてしまい、随分あると思っていた手持ちのウイスキーが意外に心細くなってきた。そこで私はウイスキーを長持ちさせる飲み方を発明したが、ここでその方法を紹介しておく。まず、箸と氷の小片とコップに三分の一ほど満たしたウイスキーを用意する。箸で氷をつまみ、それをウイスキーにひたし、これを口中に運んでしゃぶるのである。氷の味しかしなくなったら再びウイスキーにつける。この方法においては、氷がウイスキーに溶けるため、いつまでたっても中身が減らないのである。ただ次第に薄くなってまずくなるのは致し方ないことで、ついにはヤケになってガブリと飲みほす。結局は同じことである。

しかし、更に揺れが激しくなってくると、そう安閑としてもいられない。リスボンに明日着くという日は、風を真横にうけてひどいローリングが始まった。大波とまともにぶつかると、もう普通のゆれではなく、船体が胴ぶるいしてきしむのが感じられる。こういうときは船酔いでのびてしまった方が気が楽なので、なんの因果か船に強い私は、自分のことが心配でないとなると、余計な心配までしなければならない。ブリッジへ行ってみると、海は鉛色に湧きかえり、風速計は船の速度と相まって二十メートルの線を易々《やすやす》とこえている。船体が大きく傾き、傾斜度が三十度近くになれば、何かにすがりつかなくては立っていられない。一度は三十二度の線をこした。サード・オフィサーの話によれば、この船は復元力が良好とはいえず、試運転のとき舵を一杯にきったら、かしいだままなかなか元に戻らなかった。勿論そうたやすくひっくり返りはしまいが種々の悪条件が重なれば、たとえば油タンクが空になっているとき大きく横揺れしてそこに同一方向からもうひとつ大波がぶつかればどうなるか判ったものではないという。あまり楽しからぬ話ではある。

船室に戻ると、もう机の上はメチャクチャで、今まで落ちたことのないラジオが床に仰向けになっている。台湾沖のシケのときは自分のことでせい一杯であったが、このときは船の運命を案ずること船長より私のほうが上だったと思う。夜になって風呂にはいると、湯の表面がそれこそあきれるくらいかしぎ、揺れるたびにザアーッと湯がこぼれる。いくらなんでもすっ裸《ぱだ》かで海中にほうりだされるのはイヤだから早々にあがってしまった。

日本を出たばかりの頃、調査官の部屋に行くと救命具がきちんとベッドの上の網棚にのせてあるので、僕のもあるだろうかとサード・オフィサーに訊くと、彼はゴソゴソ腰掛の下を探して救命具をとりだしてくれたが、「でも、こんなものがいくらあっても沈んだらどうせダメですよ」と言った。私はナルホドと思い、それを医務室のどこかの隅にほっぽり投げておいて、みんながしているように網棚は書物を置く場所にしてしまった。私はこのとき救命具を捜しにゆく気にこそならなかったが、「ウイスキーを減らさずに飲む方法」で氷の表面についたウイスキーをしゃぶりながら、こら船、ひっくり返りやがったら承知しないぞ、と独語した。するとと船はますます傾斜して椅子に腰をかけているのが困難になってきた。私は片手でコップをおさえ片手で身をささえながら更に独語した。コラ船、これ以上傾きやがったらそれこそ只《ただ》ではおかないぞ、今でさえ俺はもうカンカンだぞ。

これが山であれば嵐に会っても自分の力と判断で運命をきりひらいてゆけるのだが、海ではよほど小さなヨットででもなければ所詮船まかせであるから、せめて船を怒りつけるくらいしかやりようがない。

ポルトガルの古い港で

どこの港でも船が桟橋に横づけになると閑そうな連中が三々五々集まってくるものだ。リスボンでも、襟に毛皮のついたジャンパーとかレーンコート姿の連中が、腕組みしたりポケットに手を突っこんだりしてぼんやり船を眺めている。人夫風のにはハダシもいる。ポン引き風の男が現われ、この川は引潮のときは四メートル水位が下るから注意しろなどと船の者に親切に教え、そのあと店のカードをくばった。バー・アトランティコ・ダンシングというので、このような名の店はどこの港に行っても目にはいる。

夕刻数人で街へ出ようとすると、どこからともなく別のポン引き風の男が現われ、そう悪そうな男にも見えないので結局案内して貰うことにした。ところが少し行くと今度はうす汚れた兵隊が現われ、強引に私たちの一行に加わった。「俺は兵隊だ」としきりに英語でくりかえすが、ネクタイはよれよれで服は垢《あか》じみ、脱走兵ではあるまいかと思えるほどで、さらにモール人と戦った先祖の勇武さは感じられない。この二人に案内されて私たちは二三軒のパンパン屋を見てまわったが、ぞろぞろと顔見せに出る女たちにはいずれも美しいのはいない。毛ズネが多く、一人局長のたっぷり二倍くらい太ったのがいた。「正直マダム」という店のやり手婆あはその名に反して極悪非道の顔つきをしている。この間カフェーでポルトなどを飲んだが、ポン引き風の男は酒を飲むにもかなり遠慮しているのに、兵隊の方は大変ガツガツしていて、一人でパンなどをとり寄せてむさぼり食っている。ついにビールにしこたま砂糖を入れて飲みはじめた。よほど餓えているらしい。なおこの兵隊は別れるとき金を要求した。お前はずいぶん飲んだり食ったりしたじゃないかと言うと諦めて去って行ったが、ポン引き風の男はフンガイしていた。あとで聞くと、この男はポン引きなんぞではなく、スウェーデンの船乗りなのであった。病気になって港に置いていかれてしまった由で、自分の船が戻ってくるまで二カ月間待っているという。退屈しのぎに外国船がくると案内を買って出、ポートワインくらい飲まして貰っているらしい。

リスボンは新旧混合した実におもむきのある色彩豊かな街である。

街には急坂が多く、ずいぶんと狭いところまで古びた市電が通っているが、特に急勾配の坂はケイブルカー式になっている。そして、どの道にもさまざまな石が敷きつめられている。パリのモンマルトル辺の石畳のようなのもあれば、こまかくうす赤い石を敷きつめた道、モザイク風に異なった色の石を敷きつめた通りもある。修理しているところを見ると、丁寧に石を並べてゆく手間閑《ひま》のかかる仕事で、それだけで古い歴史の匂いがする。自分の店先の舗道の石がとれてしまったのを、そこの主人らしいのが、不規則な石をあれこれパズルのように置きかえているのを見たとき、私はなぜとなく、ああヨーロッパに来たなと実感した。私が最初に近代的な空港などではなく、欧州のはずれのこの古い港に上陸できたのは幸いなことと今でも考える。そう言えば一五八二年に、豊後《ぶんご》、肥前《ひぜん》、島原のキリシタン三大名が派遣した少年使節たちが二年半の喜望峰まわりの難航ののち、はじめて上陸したのがこの都市である。

ジェロニモ大寺院はヴァスコ・ダ・ガマのインド航路発見を記念して十六世紀のはじめマヌエル一世が起工し、長年月をへて完成したルネッサンスを加味した壮麗なゴシック建築である。その薄ぐらく森閑とした内部に足をふみいれ、ステンドグラスからしのびこむ厚ぼったい光やローソクのゆらめきを見、ひいやりと淀んだ空気を肌に感ずると、私のようにかような場所に無縁な者の胸にもいくつかの観念がうかんでくる。まず尨大《ぼうだい》にくみあわされた石材の圧迫を感ずる。こうした岩石のもつ永続性、その硬い冷酷さと執念は我々と無縁なものだ。こんなものを建てるから悪魔もまたここに住みつくのではないか。日本の木造建築では悪魔はリュウマチになるので逃げだしてしまうが、しかし彼の住みつかぬことは我々の不幸でもある。

中央に古めかしいキリスト像があるが、左手のまだ真新しい大理石のマリア像が人を集めている。おびただしい大ローソクの光に照らしだされたその顔はおどろくばかりに可憐である。口元はうすく小さく、大きく瞠《みひら》かれた目は言いがたい哀愁をおびている。ここはメキシコなどと共にマリアの国であるからおそらく曰《いわ》くのある像なのであろうが、これではむしろ男の心に迷いをおこさせるというものだ。私の前にすりきれたオーバーを着た初老の男がひたと石像の顔を見あげている。どうせこの男もマリアに見惚《みほ》れているのだろうと思っていると、彼はだしぬけに像の足元にひざまずき敬虔《けいけん》な祈りを捧げはじめた。

それにしても、実際にマリア様がかくのごとく可憐な女であったのなら、それはいくらでも聖霊とかによって懐妊するのも当然と思われる。

サード・オフィサー達と夜の街へゆく。居酒屋、うす汚ない料理屋、すべて気のおけない場所である。ソーセージ一本、チーズにパンに葡萄酒で四エスクド（一エスクドは約十二円五〜六十銭）足らず、タマネギと貝を塩ゆでにしたもの、イワシの油あげ、どれもすこぶる安い。チーフ・オフィサーがフランスでよりここでカタツムリを食べようじゃないかと「エスカルゴ、エスカルゴ」としきりと言うが通じない。とうとう私が手帳に鉛筆で絵をかいて見せると、向こうは合点したが「ナウン、ナウン」と言った。

それからもう少し面白い所へ行こうとでたらめに歩いたが、こういうときのサード・オフィサー達のカンというものは大したもので、もっとも安くもっとも面白い場所を古ギツネのごとく捜しだす。我々の財布ではとても無理と思われる高級ナイトクラブみたいな構えの店にはいったら、内部はバンドもあるが安っぽい造りで、ビール代だけですむ。女が沢山いるがすべて店つきの女ではなく、店から店へ客を捜して歩くセミ・プロである。こういう安直な店がいくつもあるが、最初の夜にはチップでシクジリをやった。私たちは港に着くとその国の紙幣をもらい、上陸してはじめて硬貨にお目にかかるので、よく確かめないとこういう間違いをやらかす。私がかなり酔ってトイレットにゆくと、タオルを差しだす婆ちゃんなんかいるので、慌ててポケットを探って手にふれた小さな硬貨をやったのだが、あとで調べたらそれは五エスクド貨であった。それからその店を出る際、テーブルにきていた女たちにちょっとチップをやって追っぱらおうと言うことになり、ポケットに手を入れるとずいぶん大きい奴があったのでこれならいいと与えると、女は電光のごとく消え失せてしまった。実は大きい方が安いので、それは一エスクド貨だったのである。

こういう店も面白いが、女のいない店もそれぞれ趣きがあった。リスボンではテレビ放送が始まったばかりなので、テレビのある居酒屋にはニシンの群みたいに人間が集まっている。波止場近くのガレージみたいにがらんとした居酒屋では、大きな黒ずんだ葡萄酒の樽が壁際にずらりと並び、天井には籠にはいった様々な葡萄酒のびんが見渡すかぎりつるされている。うす汚れた連中ばかりがカウンターの前で立ちながら飲んでいる。こういう所ではポルトなど飲む者はおらず、みんな安いすっぱい赤葡萄酒だ。ときどきおかみさんや小娘が空びんを持参でいくらかの葡萄酒を買ってゆく。焼酎の量り売りのようなものだ。こうした店では言葉はむろん通じない。カステーラ、タバコ、シャボン、ビードロなどと並べたってムダである。

一人のおかみさんがびんに半分ほど葡萄酒を買い、別のびんになにか透明な液体を入れてもらっていた。これは変った地酒でもあるかと思って、私は指さして手真似をした。「あれをくれ」居酒屋の親父は首をふり、そこにいた連中もみんな首をふった。通じないのかと思って私は更に手真似をした。汚ない客の一人がおかみさんからびんをとり、私のところへ持ってきて匂いを嗅がしてくれた。私は合点した。それは酢であった。

最後の一日、私は十時ころ船を出ると前日見つけておいた郵便局へ行こうと市電に乗った。撮影ずみのカラー・フィルムを送っておきたかったのだが、ポート・サイドでは税関の証明がないと郵便局で受けつけず、たまってしまったフィルムをここでぜひ送っておきたかったのである。ところが私の乗った市電は郵便局のある中央街へ曲ってゆくものとばかり信じていたのに、そのまま真直ぐに走ってゆく。私はすぐ引返そうと思ったが、念のために旅行社で貰った絵入りの地図を開いてみた。するとこの市電はリスボン郊外の避暑地エストリールにゆく郊外電車の駅へと走っているので、駅の付近にはどうせ郵便局くらいあるだろうし、ついでにエストリールまで行ってみるのも面白かろうと考え、私はとびおりるのを中止した。

駅前で下り、電車の時間などを確かめてから郵便局を捜した。子供の手をひいた地味なおかみさんに尋ねると、親切にその前まで連れていってくれた。珍しく物事が順調にすすんでゆくので、私は気をよくしたが、後になってあのようなことになろうとは悪魔ならぬ身の知るところではなかった。

郊外電車でエストリールまで約三十分である。エストリールには立派なホテル、別荘が多くまたカジノをはじめ各種の娯楽施設がある。しかし今は季節外れのためにがらんとさびれて見え、赤煉瓦の粉を敷きつめたテニスコートにも人影はなく、カジノも閉ざされて幽霊でも出そうである。別荘の多くは屋根や窓枠や門などが派手な原色に塗られ、子供のころ空想したお伽の国の家家が実際にそこにあるという感じだ。おそらく夏には観光客や避暑客でにぎわうゼイタクな海水浴場になるのであろう。

私は二時間ほど足のむくままにほっついたが、なにしろこの町は海にむかった丘の斜面にあるため、少なからずヘトヘトになってきた。足が痛くなって歩みをのろめると、少し前からうしろをつけてきた汚ない服装の男が、私を追いぬこうとしながら追いぬかずしきりと横目を使う。乞食くさいと思ったが、待てよ、案外こういう男が腕ききの秘密警察の一員で俺のことをスパイとでも疑っていやがるのかも知れん、などと私は考えた。なにしろこの地は第二次大戦中各国のスパイがウヨウヨたむろしていたところなのである。あまり男がこちらを見るので、私はいきなり足をとめ、いかにもふところにはピストルでも隠しているように相手を睨みつけた。ところが男はそれを待っていたように近寄ってきて、道端にかがみこむと自分のズボンをめくりあげてみせた。その足にはかなり大きな腫瘍ができている。金をくれと言うのである。しかしそれはありふれた脂肪腫らしく、コブとり爺さんのコブと同様大して危険なものではない。私はそのことを言ってやろうと思ったが、残念なことに言葉が通じない。仕方なしに私は小銭を与えた。秘密警察などとクダらぬことを考えたばかりに、五エスクド損をしてしまった。

それにしてもこれ以上歩くのは疲れはてたので、こんな遊楽地のことゆえオートバイくらい貸すところがあるかも知れないと、絵入りの地図を開いてみると、射撃やゴルフやテニスの絵にまじって馬の絵があり、そちらの方角に歩いてゆくと果して貸馬屋があった。はいっていって親父に交渉してみたがてんで言葉が通じない。とうとう親父は表に出て行くと一人の老婦人を連れてきたが、彼女は愛想よく「英、独、仏語ならわかります」と言った。彼女に通訳して貰ってようやく馬を借りうけることができた。

　それに乗って道に出てゆくと、あとからそこの馬丁《ばてい》が一人やはり馬に乗ってついてくる。どうもあやしげな東洋人であるからこのまま逃げてしまわれてはと思ってついてきたのかもしれないし、或いは道案内をするつもりなのかも知れないし、或いは馬を運動させるためたまたま私と一緒になったのかも知れない。私は一人で好き勝手に歩きたいので、こんな若者についてこられては迷惑である。万一と思って英語ドイツ語の単語をあれこれ並べてみたが、馬に話しかけたほうがまだ反応がありそうだ。彼がしゃべりだすと今度は私が途方にくれる。そのうち郊外に出るらしい土の道になったので、私は腕をあげて、君はこっちへ行け、僕はこっちに行くからと身ぶりをしてみたが、判ったのか判らないのか相変らずついてくる。面倒になったので私は馬を駆けさせ、そのうち坂ばかりの悪路になったが強引に走らせてゆくと、後ろから若者が大声をあげて追いかけてくる。仕方なしに馬をとめると、彼は追いついてきて、こんな道をそんなにとばすとひっくりかえるぞと手真似をしてみせる。私はもう諦めて彼と馬を並べて一緒にゆくことにした。

　すると若者はなにやらひっきりなしにしゃべりだした。こちらが一語も理解しないことはとうに判っている筈だのに、いっかな話をやめようとしない。自分の写真をポケットから出してみせる。風景を指さしてしきりに説明する。私ははじめは渋々うなずいているだけだったが、ついに対抗上やむをえず日本語をしゃべりだした。彼が松林を指させば「ああ、あれは松だ。日本にも沢山ある。こんな所にこんなに松があるとは思わなかった」彼が羊を指さして何か言えば、「あれは羊だよ。エジプトではあれを食わされたがうまくなかった」という具合である。それから二人の会話は急速にスムーズになった。お互いにちっとも判らないのだが、黙ってチンプンカンの言葉を聞いているよりは百倍もマシである。良い道にでると若者はもう走ってもよいと手ぶりで知らせ、彼のおかげで私はエストリールを見下ろす実に気持のいい丘の上のコースを大きく一周することができた。

夕方リスボンに帰りついた私は、なお少しく写真など撮って暗くなったころ船に戻り、今日はなかなか臨機応変に行動したと我ながら満足だった。そして更に有終の美を飾ってやろうと、サード・オフィサー、コステロ氏と三人で夜の街に出向いて行ったのだが、これからが甚だもっていけなかった。

三人はまず居酒屋で葡萄酒を飲んで下地をつくり、それから女たちの集まる酒場にくりこんでいったところ、カウンターの前にたむろしていた女の中からなんだか見たことのある年を食った女がこちらに手をふるではないか。それは昼間、親切に郵便局まで私を連れていってくれたおかみさんであった。昼間は子供の手をひいた律儀そうな女だったのが、今はオシロイをべたべたつけ、口紅をぬりたくって胸のあいたドレスなんぞ着ており、そのため一層年とって見える。親切な彼女には実に申しわけないことだが、有体《ありてい》にいって最後の夜の酒席にはいて欲しくない顔かたちである。彼女はいかにも嬉しげに奇遇を述べたてるので、私はアタフタと昼間の礼を言い、二人をうながしてできるだけ彼女から遠い席に坐った。そっと窺うと彼女はしきりにこちらを見、横にいる仲間に私のことを説明しているらしい。私はコステロ氏たちに、あっちを見るな、見るな、なんでもいいから女を三人呼んじまってくれと哀願した。もしも彼女を自分の席に呼んでくれる客があったなら、私はその男を抱擁したことであろう。しかしリスボン広しと言えどもそんなモノズキがどこにいよう。気の毒にも彼女は幾晩も客にあぶれていたにちがいない。遂に彼女は決心したらしくツカツカとやってきて、ここに坐ってよいかと訊いた。どうしてそれを断われようか。私が円周率を考究中のアルキメデスみたいな顔でうなずくと、彼女はいそいそと椅子を引寄せ、私のすぐ横に坐ってしまった。憎たらしい私の相棒はユカイユカイと喜んでいる始末、これからあとはもう憶いだすのも憂鬱である。

いつのまにか、私の相棒たちの隣りにはそれぞれうら若い女が坐っている。二人ともなかなかどうして美しく、殊に片一方は亜麻色の髪にカリブ海のような瞳をし、コンブの林に住んだら似あいそうなフゼイである。私はやけになってがぶがぶビールばかり飲んだが、そのうち私の彼女はガゼン能動的になり、自分は齢こそとっているけれどいかに女性として優秀であるかなどと力説しだした。次に彼女は私との距離を極限にまで狭めたが、大写しになった彼女の顔はどう若くふんでも百六十三歳くらいには見えた。更に彼女は私に接吻などはじめたが、それはもうそのようなヤサしい名称で呼ばるべきシロモノではなく、ついに私は見栄も外聞も忘れてヒメイをあげざるを得なかった。悲鳴くらいでは効はない。

私はいまや生命の危険を感じ、全霊をこめて懸命に祈った。

「お情けぶかいジェロニモ大寺院のマリア様。私はもう悔い改めました。私はもうあんな失礼なことは決して考えません。私はこれからもいつも、まるで本当に天には神さまがいられるかのように熱心に祈ることでありましょう。ですから、どうか私の祈りを聞いてくださいい。いま、私の経験していることが夢でありますように。私が、タスケテクレ、タスケテクレ、タスケテクレと三べん唱えましたら、この夢がさめますように！」

ドイツでは神妙に、そしてまたビスケー湾は真横から風をうけるようになるため、荒天のときは巨船も難渋すると聞くが平穏な航海がつづいた。英仏海峡にさしかかっても海は柔かな草色をおびてのたくっている。私はモンサラットの『怒りの海』にでてくる冬の大西洋の凄じい描写に、内心これはこれはと思っていたが、まだそのような気配はどこにもない。空はうす水色にひろがり、水平線は靄《もや》がかかってぼうっと煙り、二十羽ぐらいのカモメがどこまでも船尾についてくる。ただ風だけがいかにも冷たい。

ドーヴァーを過ぎたのは真夜中で、なにげなくデッキに出てみると、暗い海上に数限りなく船の灯が浮かんでいる。すぐ横手にいくつかの船が走っているが、船体は赤い側灯やマストの灯の中に妖しいおぼろな城のように一種幻想的にうきだして見える。遠くの船はただ一点の灯でしかない。それにしても前後左右大船団のごとき灯火の列で、レーダーには十二マイル以内に四十何隻かの映像が映ったそうである。そのうちに私の船の速度がまさりけん、次第に横の船をひき離しだした。照洋丸は最大速度十三ノットで決して遅くはない筈だが、日本を出て以来ほかの船に抜かれこそすれ、未だかつて抜いてやったことがない。それが次ぎ次ぎと海上にまたたく灯火を追い抜きはじめたのだから、私は思わず快哉を叫んだが、実はほかの船は危険をおもんぱかってわざとスピードをおとしていたので、私の船も間もなくパイロットに注意されてのろくなってしまった。

　それから二日目、二月一日の午《ひる》すぎ、船はエルベ河口にさしかかった。海の色が泥色をまじえはじめ、見わたすかぎり小さな船が点々と散らばっている。空は澄みわたり陽光は一杯に輝いているのだが、デッキに出ると身を切る寒風でじっとしていられない。もうエルベにはいっている筈なのに岸はどこにも見えぬ。さすがに大河である。夕方、はじめてドイツの陸地を見た。冬枯れて黒くくすんだ林がどこまでも続く陸地である。

　遅くなってハンブルクの桟橋に着いた。すぐにも上陸したいのだが許可がおりぬ。税関の金網の向こうに二三人の女が立っている。そのうちに金髪の一人がだしぬけに「オー、サムイ」とただひとこと日本語を呟くのが聞える。誰もあがってこぬので彼女たちはやがて去って行った。痩せて鼻の頭までとがった男が船の舷側までできて、一枚の汚ない紙を差しだす。誰が書いたのか鉛筆がきの日本文字で「どうぞ皆さまいらして下さい。酒よし女よし気分よし、お値段も満足いくと思います」とあり、店の名が書いてある。見終ると男は「それを返してくれ」と言う。その紙片はもうずいぶんクシャクシャで、これまでも日本船がつくたびに使用していたのであろう。——結局、上陸は許可にならない。

翌朝、凍てついた大気を漠々《ばくばく》とした霧が満たしている。甲板はつるつるに凍りつき、索《さく》具《ぐ》にはまっ白に霜がおりている。こまかい霧が、というより氷の微細な小片があたり一面に舞っていて、空を見あげると、そういう霧の向こうにかすかに白い太陽が浮かんでいる。実に乏しい光で、霧が濃くなると一瞬にしてその輪郭は一面の白い世界へ溶けこんでしまい、やがてまたぼんやりと現われる。トーマス・マンの小説の中に層雲の向こうに乏しい輪郭だけ見せてかかっている冬の太陽の描写があるが、それを窺わせるこの光景を見て私は実に嬉しかった。以前私は槍《やり》ガ岳《たけ》の頂きでやはり漠々とした霧の中に白い平盤となって沈んでゆく太陽を見たことがあるが、それよりもずっと小さく更に陰気に見える。

欧州をおおうこの凍てついた憂鬱な気候は、船がフランスに着くまでずっとつづいた。

私は以前日本にいたことのあるインゲボルク・ベントというクレッチメル門下の女性心理学者に少しく金を立替えており、それをマルクで返して貰う予定であった。その金が手に入ればこれからあとかなり気ままに汽車に乗ったり宿屋に泊ったりもできるだろう。ハンブルクにはAともベントさんとも知合のY氏という日本人がおり、そこに送金しておいて貰えば万事好都合なので、Aに紹介の手紙を出してもらっていた。私はただその金を受けとるだけのつもりだったのに、Y氏からはカユいところを孫の手十本でひっかくほどの世話をうけた。私はついそれに甘えてしまったが、そういうことをするとそれだけ自分のナマの体験が減ずることになってしまう。しかしおかげでベルリンにいるベントさんとも電話で話すことができた。彼女は日本キチガイで帰国してからも日本人の心理なんてことばかり発表している。もう日本語を忘れたろうと思っていたら前よりもよく話す。まだガンコに勉強をつづけているにちがいない。ベントさんも来いと言ってくれるし、Y氏もぜひベルリンへ行けと言うので私も急にその気になった。

ハンブルクの街を歩いていると、「門をひらけ！」と大書したブランデンブルク門のポスターが頻々と目にはいる。一目でよいから東ベルリン地区をのぞいてみたくなった。しかしベルリンに入るのは簡単だが、出るときが少しヤッカイだそうである。東独からの逃亡者やその他あやしげなのが一杯いるからだ。船員手帳ではとてもムリだというので、領事館に電話をしてもらったところ、公用以外は駄目だという返事であった。どうも日本政府は、私の留学生試験は書類でおとしてしまうし、私の行動の邪魔ばかりするので、このままでゆくと私は日本国に対し反逆をたくらまないとも限らない。私は少しは外貨をかせいであげようと思って、リューベックへ行ったときはスピード宝くじを大分買ったのである。なにか教会に寄付をするとかで、当るとその場で現ナマをくれる。私が本気になったら大抵当ててしまうのだが、なにしろ日本政府に対しあまりいい感情を抱いていなかったので、むろんのことみんな外れてしまった。

外貨といえば、ドイツは外貨をドッサリ持っているのだが、市庁舎《ラートハウス》の地下の立派な食堂のようなところでも砂糖は甜菜糖《てんさいとう》を使っている。Y氏によると、ドイツ国内で使う砂糖の七割は甜菜糖だそうだ。「これが日本なら北海道あたりに大々的に栽培して甜菜糖を使うよう政府が奨励しても、貧乏人までが見栄をはって本物の砂糖を買うでしょうね」

ドイツ料理は正直なところあまり美味ではない。なんだかわざわざ努力してまずくしたような印象を受けることすらある。もちろん美味なものもあるのだろうが、それを捜しだすまでに舌が鈍重になってしまいそうだ。駅の食堂では、むしろ何か周知のものをと思って、ウイナー・シュニッツェルを日本の豚カツのつもりで注文すると、似ても似つかぬものが出てきた。お家芸のジャガイモはさすがにいい味だが、これも青豆と一緒に山のように別皿にもってこられてはほとほと持てあます。残したりしてこの国のボーイにもったいない奴だと思われるのも癪だから頑張ってみたものの、ついに音《ね》をあげた。かえって立食いの腸詰《ヴルスト》がなかなかうまい。これはホカホカ湯気のでている奴を辛子をつけて食べる。安いしビールによくあい、双方で一マルク（約九十円）あれば足りる。

私がドイツでぜひ手に入れたいと思っていたものにガス・ピストルがある。こいつはずっしりと重く本物のコルトそっくりで、他の国でもアラーム・ピストルといって音だけのものはあるが、ガス弾はドイツにしか売っていない。以前各国をまわって日本にもきたドイツのワンダーフォーゲルの学生がこいつを持っていた。インドの奥地で警官とゴタゴタを起したときブッ放したら相手は倒れてしまったという。それでどうしたんだ、その警官は？　と訊くと、知らない、こっちはそのまま逃げちまったから、という答えだった。因みに彼ら西独の若者の共産党ギライは相当のものである。大抵は肉親がソ連兵に殺されたりひどい目に会わされているので、理論なんてものでなく、生理的に頑として嫌いなのである。ソ連軍に占領された地域の女性に終戦当時のことを尋ねるのはタブーにさえなっている。ところで私はY氏にイの一番に銃器店に連れていってもらってガス・ピストルを買いこんだが、「どうもへんなものに趣味がおありですね」とY氏はけげんな顔をした。

船のそばまで戻ってくると、七歳ほどの少年が私の顔を見あげて言った。

「カピテン？」

「いや、僕は医者だよ」

「あの船？」

「うん」

すると小ワッパは、船長に会わせてくれ、あの船で一緒に日本に行くなんぞと言いだし、最後にこう言った。「おれ、金はらうよ」

どこに住んでるんだ？　と訊くと「日本《ヤーパン》」と言う。これは通じなかったのかと思って、君の家はどこだ？　と訊き直すと、すまして「ヤーパン」

私はこの少年を船室に連れていってキャラメルなどを与えた。あちらでは子供を甘やかしたりしないから、彼はえらくハシャいで一ぺんにチュウインガムを五つほどほおばってしまう。なるほど子供にはお前といってしゃべらないとどうも通じない。私たちはお前言葉なんぞ使う機会はメッタにないから、うっかり「あなたは……」と言ってしまうと、とたんに通じなくなる。この話を帰ってきてからAにすると、

「そりゃあ犬だってそうだぞ。お前って話しかけてやればワンなんて言いやがるが、犬にむかって、あなたは、なんて言ってもキョトンとしてるよ」

一日、リューベックに行くことができた。リューベックはトーマス・マンが生れ、かつ長編『ブッデンブロオク一家』の原型であるその家が残っている古い都市である。マンはむろん今世紀最大の作家だが、現在ドイツでは私が思っているほど（もっともこれは途方もない思い方なのだが）読まれていないようだ。そればかりか「彼はドイツ人でないか

ら」などとまだ言う連中がいくらもいる。次ぎのショウペンハウエルの遺言をあらためて彼らに捧げねばならぬ。「臨終に際して余は、ドイツ国民の法外な愚昧さを軽蔑し、余がこの国民の一人であることを恥じていることを告白する」

リューベックに行った日は、私はベントさんの送金を受けとっていたから、すでに堂々とした一人前の旅行者の気分であった。もう財布を心配して市電に乗るとか闇雲に歩くなんてことはしない。まっすぐハンブルクの中央駅までタクシーを乗りつけ、マン氏に習ってたっぷりチップをやったので、運ちゃんは「タウゼント・ダンケ。グーテ・ライゼ」と私を送りだした。駅の食堂でも私は立食いなどせず、二階の奥まったテーブルにどっかと坐り、さて最高級のワインでも注文してやろうかと思ったが、まてまて、こんなことで貴重なマルクを費やしてはならぬと思いなおし、ウイナー・シュニッツェルだけですませることにした。その代り私は幾杯もビールを飲み、半ばモーローとし、ボーイにもたっぷりチップをやって、いい心持ちで改札まできた。そしておもむろに、どのホームか？　と尋ねたところ、駅員はやにわに私の手をつかんで一方を指さし、駆けろ！　という身ぶりをするではないか。こうなってはもうマン氏もヘチマもない。私が雷のごとくに走りだしてとびのると同時に、その二階づくりの列車は動きだしていた。ビールもあらかた覚めてしまった。

それでも未知の土地の一人旅ほど心を微妙にくすぐるものはない。本当は、行先がどこなのか、いま自分は一体どこにいるのかわからないほどいいのである。つまりあのマンにしてはロマンティックな掌編《しょうへん》『衣装戸棚』の中の男の心境である。悲しいことに私にはブッデンブロオクの家を見たいなどという目的があるため、そのままリューベックに着いてしまった。

駅前からまたタクシーに乗った。これはいいことではないが、ブッデンブロオクの家は別に名所でも何でもなく、ラートハウスの裏手にあるということしか私は知っていなかった。運ちゃんに聞くと果して知らない。ラートハウスで車を捨て、道端のベンチに坐っていた太ったお婆さんに、あまり当てにもせずに尋ねてみた。ところがお婆さんはちゃんと知っていて、「すぐそこの角だ」と指さして教えてくれた。あっけなく問題が解決してしまってなんだか拍子ぬけした感じである。私はぶらぶらと道ゆく女の子などを観察しながら歩いた。少しは『トニオ・クレーゲル』に出てくる金髪碧眼《へきがん》の種属に出会うかと思ったら、そのような愛らしいのはちっともいない。まあこの世はそんなものである。

さて、その角にきて見まわしても、それらしき建物は見当らない。もう一つ先かと思って私はまたぶらぶら歩き、とある本屋にはいってみた。ハンブルクで本屋にはいると私が東洋人であるせいかすぐ店員が寄ってきてうるさくてかなわなかったが、ここでも女店員がやってきた。つまるところ私はショウウインドウで見たヤスパースの『原子爆弾と人間の未来』などといういかめしい本を買いこんでしまったが、買ったとて本当は読めはしないのである。女店員にブッデンブロオクの家のことを聞くと、やはりさっきの角だという。なんたることだと思って私は引返し、今度は念のためその角にいた男にもう一度尋ねてみた。これがそもそもの間違いで、その男は私にはとんと聞きとれぬ早口でしゃべくったばかりか、私をとんでもない遥か遠方へ追いやってしまったのである。どうもおかしいと気がついて、四たび、道をよぼよぼ歩いてくる老人に訊いてみた。この老人も甚だ頼りなかった。トーマス・マンなどと言っても首をかしげるばかりなのである。私はこれはダメだと逃げだそうとしたが、老人は私を離さず一緒によぼよぼ歩きだした。今度はどこへ連れて行かれるかわかったものでないと思っていると、彼は立止って一軒の家を指さした。そこは私がさいぜん前を行き来した場所で、念のためよく見ると、「フォルクスバンク」という文字の下に、ちゃんとブッデンブロオク家の由来が刻まれているではないか。老人敬うべしである。

それは白いくすんだ石造りの建物で、それほど由緒ある建物とも窺えず、『ブッデンブロオク一家』の読者はむしろがっかりしてしまうかも知れない。銀行の文字の下に、三行ほどの文字が刻まれ、一七五八年からのものであり、一八四一年から一八九一年までマン家に属していた云々と記してあるが、注意しないと見落してしまうほどのものである。戦後、ここを訪れた人の話でも、またその他の紀行文でも、この文字のことは聞いていないので、マンの没後彫られたものとも思う。両翼の煉瓦造りの建物は、向って左手が「ミッシェル・ジーメン」と書いてある種物商で、しかしウインドウの中には小鳥の籠などが並べてある。右手は食料品店となっている。

舗道に佇《たたず》みながら、私はなんとなくわびしい気持になった。すでに夕刻間近で、背後の教会の鐘がおもおもしく鳴りはじめ、いつしか薄明がこの中世紀風の感じの残る小都会の上にかぶさりはじめた。引返しながら私は、そこらの狭い路地の角で、もう十年も前はじめて『トニオ・クレーゲル』を読んだころ、私なりに夢みたあの碧い眼に、あの金いろの髪に、ふいにばったりと行き会わないものかとひそかに念じた。しかし、たしかそこにも書かれてあった筈である——そんなことはこの世では起り得ぬことなのである。

どんなにか私はこの街でせめて一晩を過したかったことだろう。ここでなら私は今の自分の気持にふさわしい宿を捜しだすことくらいできるし、破風屋の多い小路のうねりもなにか親しい気がするのである。しかし時間が許さなかった。駅まで歩いてゆく時間もなく、ラートハウスまで戻ってタクシーに乗った。運ちゃんが「日本はいつ春になるのか?」といきなり訊く。残念なことに国籍なんか訊かないのである。四月ころだと答えると、「ここもそうだ、あの辺にも春には沢山花が咲く」と指さした。私の返事が不適当だったので、日本よりひと月は春も遅そうである。

暗くなってハンブルクに戻り、船で用をすませてから、十時頃その名も高きサン・パウリ街に出かけた。

チレンタールという巨大なビヤホールは昨夜Y氏に連れていってもらったので割愛し、一瞬を惜しんでできるだけ多くを見てやろうと、私はそこらの店に片端からはいりだした。この間一杯のビールしか飲まず、あとは内部をひとわたり歩いて出てきてしまうのである。十軒目くらいの店でボーイが寄ってきたので、友達を捜しているのだとごまかすと、お友達ならあちらにいらっしゃいますと言う。とにかくついて行ってみると、その席にはいつぞや歯痛で死にかけたサード・エンジニアともう一人船の者が、若い女をそれぞれ傍に坐らせてビールを飲んでいた。どうもあまり言葉が通じなかったらしく、私がかすかにドイツ語をしゃべるとわかると彼女らは大喜びしたし、片一方はなかなか私の好みにあった女なので、私もそこに腰を落着けることにした。

しばらくビールを飲むほどに、私はいい心持ちになってきてライン・ワインを命じた。すると年とった給仕が、よくぞワインを注文なさったと言わんばかりに満面に笑みをたたえてリストを持ってきた。ドイツではチンピラのボーイをも給仕長《ヘル・オーバー》と呼ぶが、この爺ちゃんはいかにもそう呼ぶにふさわしい人品骨柄《じんぴんこつがら》をしていた。がっしりとした短軀で、顔に刻まれた皺は柔和と威厳を形づくり、頭はつるつるに禿げあがっている。彼があまりにも満悦しきった様子を示すので、うっかり年代物のワインなど飲まされてはかなわぬと思い、あまり高くないのを、などと本音を吐いても彼の態度はいささかも変らない。ではこのへんでは、と慈母のごとくリストを指さし、うなずくとうやうやしく運んできて、満悦しきって味見をさせ、満悦しきってグラスにそそぎ、満悦しきってうやうやしくひきさがる。壁際につんとして突っ立ち、あいつあんな食い方してやがる、間違えてフォークを呑みこんでしまえばいい、などと意地わるく観察しているのとは違うのである。

二人の女は自分の名を片仮名で書いてみせたが、しかし日本語はしゃべれない。この店ではそれぞれのボックスに通ずる電話があり、気に入った相手に誘いかけることができる。しかし私は目の前にいる女が気に入ってしまったので、それを試してみる機会はついになかった。店を出てからみんなと別れ、彼女を連れてどこだか知らぬがイギリス人の女の子だけのバンドが演奏しているナイトクラブにはいった。またワインを飲み、そろそろ頭がまわってきて猛烈な勢いでジルバなど踊った。

あとで聞いたところによると、彼女は以前インドシナの男と一緒にいたことがあるが、今は日本人の恋人がいるそうで、彼は○○丸の船員で六カ月に一遍ハンブルクにくる。また彼女はへんちくりんな日本人の爺ちゃんなんかと同席している写真を幾枚か見せ、これはみんなアルバイトよ、とも言った。私の方はしまいには完全に酔っぱらい、君の眼はきれいだ、まるで星の輝きのようだ、君の唇はほんとに蜜みたいだ、などと言ったが、なにぶんそんな言葉しかでてこなかったのである。しかし自国語ではとてもしゃべれぬこんな文句もわが耳にはなんだか詩みたいにひびくので、これからみても『魔の山』の中でハンス・カストルプにあのキチガイじみた愛の告白をフランス語でさせたのはいかに絶妙であるかがわかる。

ともあれ、いま憶いだしてみても、私はそのとき実際モノスゴイ勢いでジルバを踊った。どんなにか私は目まぐるしく回転したことだろう。憶いだしただけでも目がまわる。現在、私はまったく老いぼれはて、もしもあんな真似をちょっとでもしたなら忽ち脊柱《せきちゅう》骨折くらい起しかねない。しかしこのとき、私は実際スサマジイ勢いで踊ったもので、たしかに記憶中枢をやられたらしく、これからあと一体どうしたのか、どこへ行ったのか、もうまったく全然ヒトカケラだに覚えていない。

小雪ふるエラスムスの街

ハンブルクを出た翌日の午後には、オランダのロッテルダム港外に着いた。ひどい霧で視界はまったく利かない。船は速力をおとし、霧笛を鳴らしながら探るように進む。

船なんてものは存外簡単に沈んでしまうもので、私たちがハンブルクに入港した日にも、デンマークのかなり大きな客船が北海で沈没した。出港のときは、氷山にぶつかったらしく、ドイツの新聞が絵入りでデカデカと書きたてていた。ドーヴァーではこの一週間に二度衝突事故があったという。そんなことを考えていた。

いるうち、私たちの船はようやく夕刻無事に岸壁に横づけになった。

夜、様子を見にちょっと一人で上陸する。船のすぐ前に一台のタクシーがとまっていて、助手席に乗っていた厚い毛皮の外套《がいとう》にくるまったマダムが手招きをする。どこへ行く？ 散歩か？ 一緒にチャイナ・タウンに行かないか？ 彼女は英語と日本語をまぜてそう言い、最後に例の簡明すぎる日本語をつけ加えた。

断わって、霧の沈んだ静かな道を行く。横手には枝ばかりの木立がつづき、その向こうに凍った川が夜目にもほの白く光っている。大通りに出ると、大きなパンタグラフをつけた市電が走っている。中央街に近づくにつれ店々のショウウインドウが眩ゆい。もちろん店はすでに閉まっているのだが、飾り窓の商品だけは凍てついて人気の乏しい街に皓々《こうこう》と照り映えている。九時すぎごろ、急に街路が人で一杯になった。映画がひけたので、若い女が自転車の後ろに相乗りして帰ってゆく。帰途、なんだかだだっ広い場所に出た。どうも空爆の跡らしい。しかし綺麗に片づけられていてただの空地と変りがない。私がヨーロッパで見たいと思っていたものの一つに被爆地の瓦礫の廃墟がある。日本のひろびろとした焼跡と比べて、崩れ焼け焦げた奇怪な石のたたずまいにはきっとなにかがひそんでいるにちがいない。しかしすでに遅く、ハンブルクではそれと窺われる広い空地を見ただけだったし、リューベックでもかすかな跡を見たきりであった。その意味ではなんとか東ベルリンへ行ってみたかった。

ロッテルダムといえば第二次大戦の記憶ぐらいしか起らなかったが、港にちかい大きな敷石の上を帰ってきたときはっと憶いだした。ここは愚人を讃えてくれた賢人エラスムスのいた街であった。彼のおかげでわれわれ愚者も威張って表を歩けるのである。それゆえ次ぎの日、街でおなじみのチューリップ畠の写真などにまじって、大きな書物を手にした彼の銅像の絵ハガキを見出したときは嬉しかったが、ついに行ってみる機会はなかった。

翌日は小雪が降っている。外套についた雪片がほそ長い針のような形をしている。それだけでも寒いのに、船の者が魚市場を見学にゆくというのでついていったら、零下四十度の冷凍室の中に入れられてしまった。案内のオランダ人は得意になって説明しており、私は虫様突起《ちゆうようとつき》の先までふるえあがった。それから市場にいくと、氷づめにしたなんだかまずそうな魚を、階段状の席に立った買手が値をつけている。なんとなくまだるっこい。私のわるい癖で、こういうところをみると必ずせりおとしてやりたくなるのだが、言葉がわからないのは幸いであった。あんな変な魚をトラック一台買いこんでしまったら、さすがの私も処置に窮したことであろう。

ボイマン博物館へ行く途中、この日は土曜なので、午にひけた勤め人の自転車の大集団に会った。この国ではネコもネズミも自転車に乗る。雪の中を、脛《すね》をだした若い娘が自転車でゆく。スラックスの娘もゆく。お婆ちゃんまで勇ましくペダルをこいでゆく。実際この国の人は自転車を愛している。だから、たまに自動車を買いこんでもそんなものには乗ろうとはしない。自動車を紐で自転車の荷物台にゆわえつけて、フウフウ言って自転車をこいでゆく。

次ぎの日、船長たちとアムステルダムに行った。船を出ると、街路もくすんだ家々も真白である。木立も真白で、その下にたちこめる霧の中から無数の小鳥の啼声がする。カモが道端にいて、人が近づいても恐れず、ヨチヨチ白い土手を下りてゆく。覗くと白く凍った池があり、一部氷のはらない水に沢山のカモが浮かんでいて、スズメやくちばしの赤いツグミくらいの小鳥が群がって水を呑んでいる。街に出ても道端に沢山の小鳥が遊んでいる。私のすぐ足元で、一羽が紙袋をついばんでふりまわす。別の一羽がそれをとろうとして、人間なんかそっちのけにして二羽で争っている。誰もそいつらをひっとらえて焼鳥にしようなどと考えぬから、人間を少しも恐れない。確かに西欧の人々の愛鳥精神は徹底していて、羨ましいと思うが、と言ってこれは我々のほうが残忍な国民であるということにはならない。彼らは我々の幾層倍《いくそうばい》も獣肉を食って生きてきたので、案外小動物をいたわることで無意識にその補償をしているのかも知れない。要はシツケの問題だ。

彼らはまた馬、犬、猫などを大切にする。どこの都市に行っても、よく犬にチョッキなんぞを着せて連れて歩くのを見かけるだろう。ひどいのになるとマニキュアをさせ、口紅をぬり、イヤリングをつける。動物愛護協会などがよく発達しており、ギロギロと目を光らせ、ときにはとんでもない行きすぎをやってのける。たとえば公園のベンチに坐っていると、足元の土がモゾモゾ動き、一匹のミミズが首をだすことがある。つれづれなるままに、木の枝を拾ってそいつを突ついていると、たちまちミミズ保護連盟に所属するフロック・コートなど着た紳士が現われるだろう。

「これ、そこの東洋人よ、愛すべきミミズをいじめないで頂きたい」

「いじめるですって？」と、こちらは答える。「私はミミズが大好きですから、いまこのミミズを愛撫していたところです」

「愛撫とは認めがたい。貴下はたしかにそのミミズを迫害していた」

「とんでもない。それどころか、私はこのミミズと結婚したいと思っているところです」

すると紳士は処置に困って、あちこちに電報を打ってミミズ保護連盟の小委員会を開催し、ケンケンゴウゴウ議論の末、おそろしい判決文などを手渡すであろう。

「日本国国籍を有するドクトル・まんぼう・きーたとか自称する人物は、可憐なるミミズを罰当りにも巨大なる棒きれにて打擲《ちょうちゃく》しておきながら、そのミミズと婚姻したき旨述べたてるも、調査の結果ミミズはその意志を有さず、これは膚《はだ》に粟《あわ》を生ずべき一方的変態性加虐趣味と本委員会は判定する。よって、ドクトル・まんぼう・きーたの所持せるオランダ貨四〇グルデン三〇セント、独貨三〇マルク五〇ペニッヒ、米貨四ドル、エジプト貨三ピアストル、日本貨一円はこれをすべて没収し、同人の所持せるガス・ピストル一挺《いっちょう》、ライター一個、ナイフ一ふり、ハンカチ一枚、鼻紙十三枚、タバコ七本、フロシキとか称する布片一枚、ヒゴノナントカとか称する木の根っこ一本は、これを、ミミズに対する凶悪なる拷問具と認めて同じく没収し、かつミミズ類の不倶戴天《ふぐたいてん》の敵、毒心にもえたちたる野獣である同人に対しては、笞刑《ちけい》三十をくらわせてこれを国外に追放するものとす」

従ってこっちは弁護士をやとって法廷で争わねばならず、ミミズ一匹のために大変なモノイリである。

オランダの首都アムステルダムまでは汽車で一時間二十分、二等で六グルデン四〇セント（一グルデンは約百円弱）である。日曜なので、この運河と出窓のついた古い家々の街は、薄雪をかむってひっそりとしずまっていた。運河をゆく観光船がある筈なので、駅前の案内所にはいった。この国ではドイツ語がかなり通ずるし、オランダ語自体がそれに近い発音なので、私は進みでてそこの女の子に問うたが、通じない。こんな筈はないと更にくりかえすも同じである。さらばとコステロ氏横から進みいで、英語で問いかけようとして急に笑いの発作に襲われる。女の子あきれて、しまいには向こうも笑いだした。しかしそのため笑いやんだあとでは話が通じた。観光船は冬でやっていないとのこと。

仕方なしにほとんどの店が閉まっている街へ出てタクシーを捜す。運河も白く凍りついており、これでは船も通れまい。煙草をはじめ菓子などの自動販売器が目につく。ソーセージ、ハンバーグみたいなものの自動販売器まであった。

車で国立博物館へゆく。入口近くにクニサダ、クニヨシ、ホクサイ、ホッケイなどの浮世絵がかなりある。レンブラントの大作『夜警』の前にはベンチが並び、そこに若い娘が歩いてきてひょいと腰かける。その無造作な坐り方、足の組みかたが大変にいい。

帰途は樹氷をつけた並木の下を、凍りついた運河をいくつも越して、霧でかすむ街を駅まで歩く。途中のカフェーで紅茶をのんだ。こちらではティーというと、一人ずつ磁器のポットに持ってくるから幾杯も飲めて、話をしたり長く休むには都合がいい。更にかえ湯をもってくる店もある。駅前の屋台でニシンの酢づけ、かきの酢づけを立食いする。安い。が、すっぱい。

夜になってロッテルダムに帰りつき、船長を船まで送り、とって返してチャイナ・タウンへ行く。日曜のせいかどことなく寂れた感じだが、パシフィックとかインターナショナルとかいう名のバーがやっていて、寒い戸外に客を求める女たちの姿もちらほらする。一軒のバーにはいったら客はすべて黒人であった。ロッテルダムではインドネシア人もよく目につくが黒人の数も相当に多い。

三日目、大使館の世話したバスで大勢でハーグ、スケヴェニンゲンをまわる。ユリアナ女王のいる建物は想像以上に小さく、衛兵一人立っていない。なんとなくこの女王に好感を抱かせる。平和宮などを見、それから名高い海水浴場であるスケヴェニンゲンへ行ったが、この名がそのまま日本語として聞えるのでみんな喜ぶ。冬なのでレストランも閉じ、遊歩道も閑散としている。ここはニシンの漁港でもあり、漁船からニシンの樽をおろしているさまを見学した。漁夫たちは黄いろい木靴をはき、寒気のためか頬だけがピエロのように赤い。帰途は回り道をしてもらって風車を見る。この名物も今では実際にはあまり使用されておらず、観光のためにいくらかが残されているくらいとのこと。雪におおわれて重々しくそびえているが、ドン・キホーテが突貫したらぶっ壊れてしまいそうである。

ロッテルダムに戻ってから、サード・オフィサーと街を歩く。わがピストルのためにせめて音だけの弾丸を補給しようと、あちこち尋ね、ナントカ商会とかいうのを訊きだしてようやく尋ねあてたところ、そこは問屋みたいで大勢の男女が事務をとっており、とても小売りはしそうもない。そうでなくとも弾丸一缶をくれとは言いだせなくて私はスタコラ逃げだし、サード・オフィサーに冷やかされた。

夜、まだ小銭がいくらか残ったので、波止場近くのバーに飲みにゆく。ハイネッケンのビールはなかなかうまいが、本場のオランダジンは匂いが強く、慣れないうちはゴルドンなどの味が懐しくなる。

フィンランドの船員が話しかけてくる。次ぎはどこだ？　ジェノヴァにも行くのか。あそこはいいぞ。俺はロッテルダムにはもう一月もいるが、ひどくつまらないところだ。トウキョウに帰るのか。日本は一番いい。ヨコハマには五日いた。

やはり船員というのは特殊稼業で、港ちかくの飲屋にたむろするこういう連中はたいてい一度は日本へ行っているのである。そして、もちろんお世辞もあろうが必ず日本を讃める。もっとも讃めたくない奴は話しかけてきたりはしないだろう。讃める原因の大半は女のことで、日本政府は国際親善の見地から、港の女性たちに功労章を与えねばなるまい。

中折《なかおれ》をかぶり、緑色のマフラー、茶のオーバーという姿の黒人が目をぎろぎろさせて飲んでいたが、インドネシアの女と白人の女を両脇に連れて出て行った。それから、ちょっとしたチャーミングな黒人の女が、別の黒人と店を出ようとして、ちょっと私のところに寄り、あなたハンサムね、と言う。私は少しも騒がず、あなたの眼はとても美しい、と得意のセリフを言ったが、英語では余計な形容詞ひとつ出てこなかったのは幸いであった。それにしても、実際その瞳は緑がかった光をおびて妖しい魅力があった。黒い肌はオリーブをぬったようにつややかだったが、顔かたちも整っており、おそらく混血であろう。

店の隅では、玉がはいると電球がパチパチつき数字のでる機械で、典型的なドイツ人の顔をした船員が猛烈な勢いで遊んでいる。「よし!」とか「残念!」とか呟きながら、いっかなやめようとせず、ドイツ魂で玉をはじいている。この男も神戸を知っていたが、私がやりだすと傍に立って見ていて、一々「うまい」とか「惜しい」とか口をだす。自分の方がこの遊びには長じているので、やや優越の態度である。ところが次ぎにコステロ氏がやりはじめたところ、なにしろ彼は遊ぶことならなんでもうまいので、忽ち電気はパチパチつき数字はウナギのぼりに上昇する。ドイツの船員ははじめのうちこそ「うまい」「うまい」と連発していたが、次第に黙りこんでしまった。心の中では黄禍論《こうかろん》でも考えていたかも知れない。

霧ふかいアントワープ

午すぎ、ロッテルダムの岸壁を船が離れて速度がついてきたと思った瞬間、右手よりだしぬけに小船が現われた。私の船は猛烈に後進をかけ錨《アンカー》をぶちこみ、向こうは全速で回避し、まさに船首一メートルほどのところをスレスレに通過した。

三時頃今度は投錨器《とうびょうき》が故障したとかで船は霧の中にとまってしまった。船尾に出てみると、漠漠たる霧で何も見えず、にぶく光っている波はすぐ向こうで霧の中に溶けこんでしまい、その白い中から霧笛がきこえ、次第にこちらに近づいてくる。船の連中は気づいているのかしらんとブリッジに知らせに行ったら、サード・オフィサーが首をだし、そんなことはわかっておるとおそろしい顔をした。こういうときはワッチは気が立っているから、うっかりすると食いつかれる恐れがある。

甲板の器具やボートについている雪は、複雑な形で盛りあがっている。雪の上に霧がつきそれが凍って段々ともりあがったかのようである。海は、すぐ近くはやはり緑色をしている。しかし緑という語からくる暖かみ、鮮やかさは露ほどもなく、ただ冷ややかに、どこまでも陰鬱に、遠くのほうは靄の色を映して乳色にちかいにぶい反射光になってしまう。アンカーを引き上げる作業をしている前甲板へ行くと、ここにはエンジンの響きが伝わってこないので、ぴちゃぴちゃ舷側を叩く波の音がきこえる。南海の波のざわめきは快かったが、ここでは無情といってよいひたすら冷酷なひびきである。

夕刻やっと走りだし、翌日は丸一日のろのろと動いたり、とまったり、霧笛を鳴らしたりして、ようやく夜おそくなってアントワープの港の一番奥のドックに着いた。いつの間にか凍りついていた甲板の雪が溶け、しっとりと濡れており、倉庫のつづく波止場の舗道も同じように濡れている。わずか南に下ってきただけで、真冬から早春の入口近くにまでたどりついたような気がした。

薄靄のかかった街にはくすんだ色彩のいかめしい建物が多い。大通りの中央には枝だけの並木がつづき、並木の間が自転車道になっている。舗道はしめやかに濡れ、今にも雨がきそうで、そのくせ降りださない。オランダのように大きなパンタグラフのついた古風な市電が走っている。毛皮の外套を着た太った老婦人がよく目につき、黒人もかなり目につく。中央駅前の通りが繁華街になっていて、カフェー、映画館、各種の商店が多い。大腸詰屋のショウウインドウには実にとりどりのソーセージがぶらさがり並んでいる。大きな奴はさまざまの切り口をこちらに向けている。私はソーセージが好きなので、どこでもよくこうした店先に佇んでいろんなサラミやらフランクフルトやらの腸詰を眺めるのである。私の研究によれば、ソーセージの好きな人間には概して分裂気質、癲癇《てんかん》気質が多く、ハムのほうが好きな人間には循環気質、ヒステリー気質が多い。私はこれを今年の日本精神神経学会総会で発表する予定であったが、残念なことにまだ船が日本に帰りつかなかったので果さなかった。腸詰が好きなのは何といってもドイツ人である。ドイツには腸詰野郎とか「腸詰には腸詰」なんて言葉があるし、カントは『判断力批判』を書いたとき金のほかにゲッチンゲンの腸詰十六本を本屋から貰い、『くるみ割り人形』の王様は自分の誕生日にでた腸詰の脂味が少ないと言ってオイオイ泣きだし、ベルリンのある店にしのびこんだ泥棒は腸詰を腕一杯かかえて天窓から逃げようとしたところ、輪になった腸詰の一方が釘にひっかかり喉をしめられて死んでしまった。だからドイツの店には実におびただしい種類の腸詰が並んでいる。それこそ幾百種あるかわからない。私が留学生試験の際、提出した書類に書きこんだ研究題目のひとつは「各種腸詰の精神薄弱児におよぼす影響の総合的研究」というのであったが、選考委員にはその意味するところさえわからなかったらしい。

駅の横には枯れた芝生の広場があり、ここには無数のウミネコに似たカモメがいた。うらぶれた姿の老人が袋から餌を長いことかかって楽しみながら与えている。帰途、それまでは船で甲板員の器用な男に髪を刈ってもらっていたのを、一度くらいは陸で散髪しようと床屋を捜したがなかなか見つからない。ようやくそれらしき店を見つけてとびこむと、それは女ばかりいるパーマネント屋であった。

翌日はまた大使館の世話のバスでブリュッセルへ行く。バスがとまって大勢ぞろぞろ下りたつと、それが全部写真機をぶらさげており、まさに日本人まかり通るの図である。小便小僧は案外に小さく、それでも勢いよく小便をしている。この小僧には世界各国からいろんな衣装が送られてきて大層の着物もちなのであるが、最近ではあんまり多すぎて管理に困っている由。ワーテルローへも行ったが、この古戦場は深い霧の中にうすく氷をかぶって凍てついていた。ここには戦捷《せんしょう》記念に建てられたフランスの方向を睨んだ重量二万八千キロの獅子の像があるが、そこに登りつくまでが大変で、とんでもない急勾配の石段を意識もタエダエに登りつめると、近すぎて肝心のライオンは見えず、その石の台にひっかいてある無数の落書だけを見て降りてくることになる。従ってこんなものは早く溶かしてしまって、もっと巨大な小便小僧を鋳造《ちゅうぞう》し、ガチガチの婦人教師を顰蹙《ひんしゅく》させた方がどれほどマシかわからない。

アントワープに戻って、再び床屋を捜す。駅のすぐ近くに見つけ、そこで髪を刈ったが、外国の床屋はいろんな香水やら何やらつけさせそのたびに高くなると聞いていたから、ヒゲもそらずポマードもコロンもすべて断わって、勘定になると六五ベルギー・フラン（一フランは七円二十銭）とられた。高いと思ったが、標準の代価を知らぬので黙って支払った。あとで聞けばやはりボラれたので、はじめから判っておれば、床屋の親父はわがガス・ピストルの露と消えたところなのに惜しいことをした。

床屋を出てから、夕暮まであまり時間もなかったが、中央駅の裏手にあたる動物園にはいった。四〇ベルギー・フランだから約三百円にあたり、かなり高い入場料である。冬であるのと時間が遅いため、うそ寒い園内はがらんとして人影はほとんど見当らない。私はオーバーのかくしに手を入れて、一人せかせかと獣たちを見てまわった。猛獣の多くは小屋にはいっているのか姿を見せず、アメリカ野牛が小さな群をなして首をたれている。

そうして、ビーヴァーが黙々と池にはった氷をおしわけて木の枝を集めるのを眺めていると、自分がおかしな訳柄《わけがら》から異境の土の上に立っていることが多少の感傷を伴なって実感されてきた。いろいろな鳥がはいっている金網の前にくると、一匹の黒い鳥がピョンピョン跳ねて私の行くほうへついてくる。むろん餌が欲しいのだろうが、それにしても人なつこい。オーバーの端を金網の間から入れてやると、ほそい嘴《くちばし》でくわえてひっぱろうとする。別な鳥がそばにきたとき、こいつはいきなりとびかかっていって相手を追っぱらい、また戻ってきて私のオーバーをひっぱる。私は名も知らぬこの黒い鳥としばらくの間遊んだ。

夜はみんなで「大正」というバーへ行く。ここは三代つづいて日本船員が行く店だそうだ。ガソリンストーブが燃えていて、アメリカン・ビリヤードで遊んでから二時頃先に帰る。この付近は娼婦街で、灯りのついた窓ごしに女が薄着をして外を見ている。霧はますます濃い。

次ぎの日は寝坊して、昼すぎ少し薄日がさしてきたので写真機をもって街へ出る。学校帰りの幼い生徒に沢山会う。やはり休暇らしい兵隊もぞろぞろいて、指を立てて自動車を摑まえようとしている。見ていると、車はみんなとまらずに走りすぎてしまうが、彼らは辛抱づよく次ぎの車を待っている。

ノートル・ダムの前の広場にくると、大勢の爺さん婆さん、子守車を前にした父親などがベンチに腰かけている。あたりを小さな子供が風船をもって走りまわっている。ほんの小さな子を転ばぬように紐でゆわえて歩かせている母親もいる。花売りの婆さんにはこの世のものならず太り、かつ着ぶくれているのもいて、そういう善良そうな、あるいはやや意地わるげな皺だらけの顔は、いくら見ていても見飽きることがない。

夕刻まえ船に戻ると、船室に「大正」バーのマダムの弟という人が遊びにきていて、チーフ・オフィサー、サード・オフィサー相手に話をしていた。彼は英語、少々あやしいドイツ語、カタコトの日本語をしゃべる。ヴァンという貴族の称号を持っているのでそれについてひとくさりやり、ついでアントワープの古い伝説について話した。この港はアンヴエルスとも言うが、昔おそろしい巨人がいて河をのぼってくる船から積荷をまきあげ、さもないと片端から船員の手を切りおとしていた。そこにサルヴィス・ブラボーという青年が現われ、逆に巨人の手を切ってエスコー河に投じた。そのことを記念してこの港の名にしたが、アンは手、ワーペンは投げるの意である。巨人の手を投げんとしているブラボーの像は市庁舎近くの広場の中央に建っている。

彼はなかなかユーモアがあり、「子供がいるか」と問われると、待っていたように、「私はベビイを持たない、家には」とニヤリとし、「だけど他の場所にはうんといる」ときに「ヤア、ヤア」と一人悦に入るかと思うと、だしぬけに「コラショット！」などと唄う。そのうちに日本の飯を食わせろと言いだしたので、オカズを見にゆくと冷凍ニシンの塩焼きであまりうまそうでない。その旨を伝えたが彼は何でもいいからと食卓についた。私は腹がすかないので同席しなかったが、あとでボーイが目を丸くしてこう言った。「あの人、箸をちゃんと使いましてね、タクアンか何かでバリバリッと飯を六杯食べちゃいましたよ」

夜おそくなってからまた皆で「大正」へ行き、二時ころサード・オフィサーと二人で帰る。ひどい濃霧で、視界は十五メートルとはきかず、少し先へ行く人影がすぐスープのような帳《とばり》の中へ溶けこんでゆく。ところどころ街灯がおぼろなかぼそい光を投げかけている。その辺の小路を少し探検しているうち、帰り途が完全にわからなくなった。サード・オフィサーと意見が対立し、「賭けるか？」「よし」ということになったが、どだい方向オンチの私が殊さら方位には敏感な船の者と賭をやるとは無謀の極みで、たちまち一ドルまきあげられてしまった。

翌日は出港の予定であったが、三十年来の濃霧のため河口に四十隻の船がつまってしまい、出港できぬという。結局この霧のため二日半出港がのびた。

出港がのびると酒や煙草はシールされているので不足してくるし、むろんのことベルギーの金は使いきっている。私はまだ少々ドルやマルクを持っているが、今後どういう事態が起るかわからぬので無駄には使えない。いつ出港になるかわからぬため上陸許可が出るのは午後も遅くか夜になってからである。私はそれでも街へ出て行って、中央駅前あたりの店で二三枚の絵はがきを買い、一ドル紙幣をくずした残りで幾刻《いくとき》かを過した。

ある午後は映画を見た。西部劇の看板のでている館にはいって行ったら、なんだか様子がおかしい。古風なフランス軍の軍服なんかきたカーク・ダグラスがしきりと呼子を吹きながら突撃している。西部劇は次週のもので、これは第一次大戦の仏軍の物語なのである。英語をしゃべっているのだがとてもわからず、フランス語とベルギー語らしい字幕があるがこれは目に一丁字《いっていじ》もない。功をあせった上官がカーク・ダグラスの将校に無理な攻撃を命じて失敗してしまうのだが、最後に三人ばかりの兵士が死刑になってしまうところがよくわからない。また捕虜みたいなドイツ娘が兵隊の前で歌など唄うがこれまた関連がわからない。どうも未だにわからない。

　またある夜は、なるたけ安そうなカフェーを捜して、一杯のビールや茶で長いこと坐り、二三の人に葉書をかいたり、港にきていた手紙を読みかえしたりした。フランスでは高等学校以来の友人Tに会うことになっているが、このぶんではル・アーヴルに着くのは一体いつになるのだろうか。T夫妻は一年ほど前からパリにいるのだが、お互いの不精から無沙汰をつづけていて、私が急に船に乗ってから、はじめてシンガポールで便りを貰い、それからは港ごとに便りをかわしていたのだった。フランスに着くのが遅れそうだから待たないようにと、彼らにハガキを書いた。電報を打つにしても予定が立てられぬから、やはりハガキを書いた。

　一隅《いちぐう》では家族づれの愉快そうな連中がしきりとビールの杯《さかずき》をあけている。一方、別の一隅には老婦人が一人、外套も脱がず、一杯のティーを前にしてさっきから長いこと身じろぎもせず坐っている。おそらく家へ帰っても孤独な身の上で、こうしたさざめきの中で夜を過すほうがまだしも気が晴れるのかも知れない。そうして気づいてみると、私もまた空のグラスを前にもうずいぶん長いこと一人で坐っており、夜もかなりふけているようで、そそくさと勘定をすませて立ち上った。

暗い夜霧の街には、建物についた青みがかった灯火が一列にぼやけた光をにじませ、そのまわりを煙に似た霧がひしめいている。舗道は一雨きたあとのようにじっとり濡れ、ときどき雨かと思って掌《てのひら》をだしてみるが、やはり雨は降っていないのだった。

パリの床屋教授どの

今日もまた出港は見合せかと思っていると、夕刻になって急にリバー・パイロットが乗船し、出港ときまった。タグ・ボートが船首と船尾につき、船はようやく岸壁を離れ、狭い水路すれすれに動きだす。岸に並んだ川船の艫《とも》に女がいて、こちらに向って抱いている赤子の小さな手をふらしている。夕靄の中にうす赤い太陽が久方ぶりに輪郭を見せている。靄が濃くなるとそれは白い円盤となり、やがてまたうす赤くなる。そのかぼそい陰気な感じは日本の冬の夕日の比ではない。

夜になり河に出たばかりというのに、霧が濃くなって停止してしまった。甲板に出ても霧の粒子のほか何も見えぬ。投光器が横の濁った水面を照らしていて、その光芒《こうぼう》がいくすじかにわかれて見え、その中をもやもやと煙に似た霧がながれてゆく。

翌日も船はまっ白な濃霧の中に錨を入れて浮かんでいる。まったくひどいガスで、すぐ真横にいる大きな貨物船がうっすらと霞《かす》んで見える。この船は朝方靄の中を霧笛をならしながら徐行してきて、こちらが慌てて霧笛を鳴らすと急いで錨を投げこむ音がきこえ、霧が薄らいできたらすぐ真横にいたそうだ。

　ときどきお互いに鐘を鳴らす。隣りの貨物船ではおもで鐘を鳴らすと、ついでともでフライパンを叩くらしく奇妙な音が伝わってくる。はじめはドラム缶やらいろんなものを叩いて試したらしく、もっとさまざまの音がしていたという。

　漠々とした白一色の霧の中に、よく目をこらすと、ほかにもほんのうっすらと幻影のように船の影が見えることがある。思いがけぬ方角から霧笛が底ごもりしてひびくと、あちこちの霧の中でいろんな音色の霧笛が応ずる。横にいる貨物船は百日咳の咳みたいなしわがれた音を出す。

　夕刻前ちょっと動きだしたが三十分足らずで停ってしまった。霧一色の世界が蒼然《そうぜん》として昏《く》れかかり、カモメの影がわずかに視野を横ぎり、それもすぐ白い帳《とばり》の中に溶けこんでしまう。レーダーを覗くと、この船のまわりにはゴマ粒のように、ぎっしりと船の像が密集している。それぞれガスにまかれて動きがとれず、錨をおろしたまま、霧笛や鐘を鳴らして警戒しているのだ。これではいつになったら走りだせるのか見当もつかない。私は夜二時間ほどブリッジへ行って鐘を叩くのを手伝った。自分で叩くとなると鼓膜が破けそうなくらいやかましい。おまけにすぐ傍でふいにバオッと霧笛を鳴らされようものならとびあがってしまう。

翌日の午後急に霧が薄らぎ、一瞬日ざしが洩れた。すぐにエンジンをかけ、むらがる船群の間をぬってゆく。船首にもずらりと見張りが立ち、「右十五度にフネ！」「正船首にフネ！」とひっきりなしに合図する。なかなかスリルがあり、それガンバレ、それブツカレ、などと心の中で叫んでいたが遂に接触さえしなかった。それからもしばしば停船し、一日足らずで着く筈のル・アーヴルまで丸三日を要した。この港はパナマ運河式に水門を閉じ、水位をあげて奥へはいってゆく。岸壁に横づけになったのは二月二十日の夕刻であった。ル・アーヴルの街はショウウインドウの灯も少なく、なんだか暗く沈んでいて、上陸して三十分ほど歩いたときには、フランスもいよいよ末期なのではあるまいかという気がした。

この国の人たちはよその国の言葉を山賊のわめき声とかカラスの啼声とか悪口を言い、美《うる》わしき天使の言葉であるフランス語をしゃべらぬのは人間でないくらいに思っている。たとえ外国語を知っていてもしゃべらぬというのも多いらしい。波止場ちかくのミヤゲ物など売る店で、ごく簡単な英語の単語さえ通じないのは初めての経験であった。フランス語をまったく知らぬ私には駅ひとつ捜すのも大変である。歩いているうちに二人づれの巡査に会ったので駅の場所を訊こうとするが、やはり首をふるばかりだ。スタチオンとかスタチオーネとかいろいろに言ってみたがダメである。そのうち私はTの手紙にあった言葉をなにかの拍子に憶いだし、「ガール、ガール」と言ったところ、巡査はいきなり両手を交互にまわしながら「シュッ、シュッ」と汽車の真似をはじめた。ウイ、ウイ、と言うと、巡査は二人で腹をかかえて笑いこけてから、駅のネオンのついた時計台を指さして教えてくれた。

やはり各国にはいるときは、私のように不精がらずにいくらかの単語くらいは覚えたほうがよい。船でさえ自分の国の言葉なら聞きわける。『信じようと信じまいと』という本によると、アドルフ・ボンスというフランス人はある南方の島の沖合で、モーター・ボートからフカの棲む海にほうりだされてしまった。主のない船はどんどん遠ざかってゆく。彼は船にむかって帰せ戻せと叫びたて、はじめフランス語で次ぎにはポリネシア語でどなった。そのうち彼は船がドイツ製であることに気づき、ドイツ語で「戻れ！」と命じたところ、船は急にスピードをおとし、やがて進路を変えると彼の浮いているところへ帰ってきたという。

駅の近くまできたとき、一人の女がはじめて英語で話しかけてきた。なるほどこういう国で言葉が通ぜぬときは商売女を捜すのが一番手っとり早いかも知れぬ。しかし、その女は雲つくような大女であったから、挨拶ひとつせずに私は逃げた。大体女というものは男よりいくぶん小さい点が唯一の取柄なのであって、大きければゴリラと変りがない。高等動物はおおむね男が大きいけれど、昆虫では大抵雌が大きく、雄の方が華美な鱗粉をつけたりして雌の気をひく。これは雌の方が数が少ないからである。ヤママユ蛾の一種などは殊に雌が少なく、雌を一匹捕えておくと何十何百という雄の蛾が遠方から集まってくる。逆にオットセイなどは雄一頭が幾十という女房を専有しているが、こう見てくれば一夫一妻制なるものも、たまたま人間においては男女の比率がほぼ等しいからにすぎない。といってこれは幸運というべきで、もしも女の方が三倍くらい多いとしたら、人類は遠からず滅亡してしまうであろう。

翌朝、一番の急行に乗るべくうす暗いうちにカバンをさげて船を出たら、すぐさま検問所でつかまってしまった。えらくのろのろとカバンの内容をさぐり、ピースの缶をあけて匂いを嗅ぎ、ほほうという顔をして仲間に一人一人かがしている。それがすむと今度は日本茶の包みをひろげ、またしげしげと匂いを嗅ぎはじめた。よほど退屈しているのか、あるいは昨日までつまっていた鼻の穴がこの朝は通じたので嬉しくて堪らないのかも知れぬ。こちらは汽車の時間がぎりぎりだし、言葉は通ぜぬし、気が気でなかった。「早くした方が身のためですぜ」と日本語で言ってやったが、間抜けなお巡りで、相手がいかなる凶器をかくしている男なのか皆目窺知《きち》しないのである。ようやくピースを一本ずつ与えてそこを逃げだし、あやうく汽車にとびのることができた。

私はそのままパリへ行ってしまい、出港間際まで戻ってこなかったが、もちろんちゃんと許可は得ておいたのである。アントワープで霧待ちをしていた一夜、船長に呼ばれて船長室に行くと、「ドクター、ちゃんと情報がはいってますよ」と意味ありげな顔をする。更に「ハンブルクじゃあちっとも姿が見えぬから、てっきり逃げたと思った」という。

実はハンブルクに私の書いたものが載った雑誌がとどいていたが、ひょいと見ると雑壇《ざつだん》という欄に今度の航海の記事がでている。そればかりか私が今にも船から脱走しそうなことが書いてある。盲腸患者がでれば慌てふためいて港に直行すると書いてある。あまつさえ私が港々のための薬だけは沢山積みこんだなどとヒドイことが書いてある。私は仰天し、船では新しい雑誌なんかあればむさぼるように読まれてしまうから、それにものを書いたりする男とわかって船内新聞をつくれなどと言われてはかなわぬから、すぐさま行李の一番奥に隠してしまった。あれは日本を発つ前だしぬけに現われた大男の新聞記者がかいたものにちがいないと私はフンガイしたが、その大男は私が帰国するとまた現われ、人間を刺すやり方をいろいろ研究したけれどやはり背部から腎臓を刺すのが一番いいですね、などとブッソウなことを言うので、私は文句をいうのをやめてしまった。どうやら船長の奥さんがこの雑誌をよみ、これはとんでもない医者が夫の船に乗りくんだものだと早速航空便で注進におよんだものらしい。私は仕方なく恐縮して言った。

「いや、今度はもうはじめから逃げないことになっているんです」

それでも船長はどうもアブナイと考えたらしく、わざわざライン・ワインなどあけて私に飲ませてくれた。

パリのことは、それを見たことがない人ほどよく知っているようなので省略しておこう。ただ私が予期に反してこの都が気に入ってしまったことを告白しておかねばなるまい。大体がサン・ラザール駅に着いての第一印象は、なんという煤《すす》けたうす汚ない都会だろうということだ。駅からTの下宿までタクシーに乗ったが、道端にペコペコ凹んだ埃だらけのシトロエンがずらりと並んでいるので、ははあ、中古車の置場だなと思っていたところ、どこまで行ってもそんな車ばかり並んでいる。これほどボロ自動車の多い都はこれまでに見たことがなかった。建物もどすぐろく煤けており、さながらゴマンの煙突掃除夫が行進したあとのようだ。それでも私のように先入観念をもたぬ者でも、二三日街をぶらついているとなんとなくこの都会のモノノケにつかれてしまうのだから、やはり面妖なざらにはない都と言わねばならぬ。

もっとも、これは長年の友であるT夫妻がいたことも大きな要因をなしているだろう。藤田嗣治《つぐはる》のいる立派なアパートの近く、こちらは対照的に風化したアパートの木の階段をぐるぐると四階まで登りつめると、そこの一室にTが少し痩せて生きていて、あまり連絡がないから船が沈んでしまったと思ったと言った。それから彼は湯をわかして紅茶をいれてくれながら——女房の方は大学の研究発表とかでまだ帰っていなかった——私に星占いによって二十万の戯曲を書く方法というのを教えてくれたが、これはちょっと紹介しておくに値する。これを考えだしたのはエチエンヌ・スーリオという男で、まず六種類の記号があり、獅子座、太陽、地球、天秤座、火星、月を現わしている。獅子座は、劇的状況の主題的力とか、太陽は良きもの、すなわち女とか財産とか、地球はよきものを受ける存在とか、それぞれ意味をもっている。この記号の配列組合せによって、とにかく二十万の劇的状況というのができてしまうのであって、この星占いを会得しさえすれば書くものがなくて困るということは有り得なくなる。ただなぜ著者自身がこれを利用して二十万の戯曲を書かないのかと思うのだが、スーリオ氏はやはりそのことを気にして本の中でクドクドと注釈しているそうである。——次ぎにTは『ブッデンブロオク一家』の最初の部分を一節ずつカードに書きぬいたのを示し、克明にマンの技法を説明してくれた。たとえば会話の進行と人物の登場のしかた、室内の描写が段々と移ってゆき暖炉があかあかと燃えているところになり、次ぎに「なんとなれば」という接続詞があって、戸外の描写と気候の説明に移る。そうしてマンの息の長い文章を聞いていると、つい先ごろリューベックで見たくすんだ建物の輪郭があらためて私の脳裏によみがえり、この長編の冒頭の句、「なんだったかしら。なあーんだったかしら……」という何の変てつもないトオニイの呟きさえも、奇妙に意味ぶかい象徴的な言葉のようにひびいてくる。私は大体が文学の話は御免な方であるが、この幾何《いくばく》かの時間ほど楽しかったことは久しくなかった。持つべきものは友であり、また友などというものは少ないほどよい。沢山友なるものを持っている人はどんどん絶交すべきである。

とにもかくにも私はパリが気に入ったばかりか、困ったことにサトリなどひらく始末になったのであるが、この間の事情はそのころ私が船の中で書いた便りを読んでもらったほうがいい。これはある同人雑誌に連載するため港々から送っていた便りの末尾だが、なにしろサトリを開いて日もたたぬころのものゆえ、文章にもどうして、あやしき迫力があるのである。

「私のわるい癖で、パリなんてどうせ大したものであるまいと思っていたところ、どうしてこれがおどろいた都で、実に不可思議なる都で、私は得るところがあったどころか、ほとんどサトリを開いてしまった。パリの象徴は、ヴァレット街の角にある実に汚ない床屋である。そのむさくるしさは言語に絶するのであるが、ここの親父はプロフェソールなる称号をもち（床屋の免状をとるとみんなプロフェサーになるのかどうか私は知らぬが）、半透明の（元はたしか透明だった筈だ）ガラスに顔をつけてのぞくと、この教授が白衣をきて、薄暗い中に自信にみちてうずくまっているのである。これとサトリとをどう結びつけるかというならば、大体がサトリなどというものは各自で勝手にサトって、人に語るべきことではない。サトるとどうなるかというと、まずパンツの紐が少しゆるいことに皆は気づくであろう。これは腹部の筋肉が収縮するためである。なぜかといえばこれはなかなか難しい問題で、たとえば『脊髄の反射弓において、求心性ノイロンをあらかじめ一定時間反復刺激を与えておくと、その後の単一刺激に対応する反射応答は著しく増大し、この現象はある時間継続する』などということを長々と書かねばならないし、とても理解しがたいであろう。私には少しもわからぬ。さて、次ぎにどうなるかというと、大抵の人はパンを一個食べる。腹がへるからである。次ぎに、『タイガースはなぜ田宮を手離した？』などと怒りだすのもよく見られる現象だが、実はそんなことはてんで意に介していないのである。

モンマルトルの石畳みの上を歩いていたら、絵を描いている男が幾人もいた。パリの石畳みはあまりにも有名であるが別にどうということはなく、それだけとりだせば、リスボンの方がずっとおもむきがある。その中の一人の絵は、これがすこぶる下手であった。そもそもいかなる新理論をこの男は発明したのかと思って、私はしばしば黙考してみたが、どう見てもそれは極度の色盲と乱視の所産と思えたので、そのまま去るにしのびず、ドイツ語で『芸術家!』と呟いてみた。すると彼はどうもその言葉を理解したらしく、急に二三歩しりぞくと、カンヴァスと対象とを等分ににらみ、むっとしたしかめ面をした。これは人が得意の情をかくす表情である。私も同時にむっとした表情をしたが、これはむろん笑いをこらえるためであった。

しかしこれは私がまだサトる前のことであって、サトるとこんな余計なことは一切しなくなる。サトると網膜に映る現象なんぞに影響されなくなるから、従って目をあいていてもムダである。従って目をつぶって街路を歩くことになり、大抵は自動車にはねとばされて死んでしまう。従ってときにはサトっていないふりをすることも必要であるが、そんなことは腹立たしいことにちがいない。そこで彼はわめくことになる。『タイガースはなんで田宮を手離した?』サトると怒ったりしないというのは、あれはてんで嘘なのである。

もうどんどんとばしてしまう。次ぎの港はジェノヴァで、私はミラノに三日滞在し、ゴマンとある芸術作品を見た。人はここで私が少しはそれについて書くと思うだろうが、どうしてそんなことはしないのである。私はコモ湖に行き、そこで十五六の清純そのものの少女に会った。彼女は自分の方から近づいてきて、少しくもった声でいきなり言った。『汝、ドイツ語を話すや?』私は言った。『ほんの少し』彼女は言った。『我もまたほんの少し。

しかれども我ドイツ語を話したし』人は当然これをイタリアの少女と思うだろうが、どうしてこれがイタリア生れのドイツ少女なのであった。

大体ドイツの女はあまり美しくないが、十代の、それも十五六の子となると大変に可憐であって、それも単に子供の可憐さかというと、ファウストの中にも『それでも十四歳にはなっているだろう？』という台詞《せりふ》がある通り、十五六にもなれば立派に女の可憐さである。そこで二人はもう半歩ずつ近よって、ふしぎなものを見るようにお互いを見ることになって、人はこれからどんなことになるのかと緊張するであろうが、どうして、私はもうここで書くのをやめてしまうのである。

ついでに私は、今回でこの稿をやめてしまうのであって、いつかは少しマシなことを書くだろうと思って読んでくれた人があったとしたら、それは大変お気の毒である。しかしサトるとそんなことにかまっていられない。いま私は大変に憤っているのである。『なんでタイガースは田宮を手離したんだ？』」

このヴァレット街の床屋というのをもう少し補綴《ほてい》しておこう。いま日本にいるパリ生れのルネ・H夫人によると、床屋の親方をプロフェソールと呼ぶことはあるが、自ら教授と称し、麗々《れいれい》しくガラス戸にすりこむのはやっぱり異例だそうだ。この店のある一角は、大体が商品とはとても言えぬような、そこらのゴミタメから拾ってきたみたいな品物を堂々と陳列してある骨董屋だの、置物かと思えばちゃんと生きている犬が坐っている屑屋だのばかり並んでいるのだが、その中でもこの床屋の汚なさむさくるしさは世界に冠たるもので、辛うじて向こう側が透いて見えるガラスに顔をつけて覗くと、椅子はぶっこわれ、刷毛から何から塵《ちり》だらけでさながら廃墟のようである。「これでもちゃんと客がいるときもあるのよ」とTの女房が説明した。私はアントワープのあんな床屋で髪など刈るのではなかったと少なからず悔んだが、のちにTから貰った手紙を左に記しておく。

「この前、例の床屋に行った。一応白い上っぱりを着た偉大な爺さんが出てきた。顔の肉が厚ぼったい感じで、それが目の下に小さな袋のようなタルミをつけたり、唇の薄いへの字になった口の両端へ、鼻翼から深い皺を刻んだりしている。その顔の真ん中に、なんとも巨大な鼻が突出し、両側にそびえた特大の耳に相応じているという寸法だ。無口で、憂鬱そうで、愛想がない。椅子に坐らされ、頤のまわりに白い布をまきつけると、いきなり刈りはじめる。錆びたハサミで、刈るたびに毛が一本一本ひっつれてゆく。錆びているせいか、ハサミを動かすたびに、キュッキキュッと悲しげな音がする。老人は大きな手でハサミをキュッキュッと動かしながら、左から右へ刈ってゆく。右側まできて息をつき、鏡に写る僕をながめる。左右の長さが違ってしまった。しかし爺さんはいささかも動ぜず、今度は右から左へ刈ってゆく。左へきたとき、また左右の長さが違ってしまうのだ。僕は

『あまり短くなく』と言った筈だのに、爺さんの髪と同じように八百屋のような具合に刈りこまれてゆき、これ以上短くなりようがなくなったところで、左右がほぼ等しくなった。その間、髪の毛はバリバリとひきつれ、ときに涙の出そうなほど痛く、爺さんの手は絶えずふるえ、こめかみにとびだした一本の毛を切るのに狙いをつけてヤッと切るのだが、ハサミのきっ先は五糎《センチ》も離れたところへ行ってしまって、最後までその一本が残っているという始末だ。僕はもう観念して、されるままになっていた。バラか何かの壁紙が貼ってあるが、もう色も模様もあせてそれと見わけがたく、その代りに黄色いシミが至るところに模様をつくり、蜘蛛の巣が一面にかかっていて、それが冬の間のストーヴの煤で黒くなり、かくて何年も経っているから壁はほぼ真っ黒に見える。ハサミがキュウキュウ鳴くばかりでなく、刷毛もバリカンも錆びついている。カミソリだけが光っていた。刈り終ってからロクショウの生えた銅の容器で頭の上に香水をふりかけたが、これはただの水だった。水をふりかけて、それでも櫛でといてくれた。それから僕の女房に、ハンカチを出してごらんと言った。彼女がそれを出すと、今度はホンモノの香水を出してきて、ほれ、いい香りだろうと言って、二滴ほど落してくれた。この安物の香水はしばらく彼女のポケットの中で匂っていた。『わしは三十年ここに住んでいるがな、今どきの床屋はきれいごとだけ、早くやっつけ仕事をするだけ、本当の仕事をする奴は居りはせん。この家も古くなりおった。こわれはじめとるんじゃ。なにチップ？　チップなんか要らん』と最後に言った。一時間たっぷり椅子に坐っていたことになる。しかしこのプロフェソールは人間の威厳そのままに、彫刻のある傾いた黒い勘定台の向こうから、僕たちに別れの挨拶をした」

サン・ターヌ病院を見せてもらうため、そこに勤めている日本人の医者に会おうと日本館へ行ったところ、思いがけず医局の先輩のSに会った。一月ほど前こちらに着いたそうである。なんだか消耗しているので私は彼をはげまし、励ましついでにカタツムリなどをおごってもらった。

留学生にはたいてい大なり小なり憂鬱症にとりつかれる時期があるらしい。着いてすぐのこともあれば、最初の緊張が解けた半年目くらいのこともある。そうなると数限りなく故国に手紙ばっかり書くが、そういう手紙のひとつにこんなのがある。「パリは暗雲たちこめ、人心とげとげしく、タクシーはいくら待てども来ず……」大体欧州の冬というものはたいてい暗雲くらいたちこめているし、人間はオセッカイはやかぬからトゲトゲしくも感じられるし、タクシーは駐車制だからいくら待っていたってそれは永久に来はしない。私が泊った安ホテルのおしゃべりマダムは、私がフランス語をしゃべらぬのがわかると、私がパリには三日しかいないというのに「この前ここにいたムッシュウ・Oもはじめはただのひとことだってしゃべれなかった。だけどすぐ俗語だってベラベラになった。だからこのムッシュウだって大丈夫だ」とTに言った由だが、そのOというのは東大仏文で一番できた男だそうである。「気の毒に」とTが言っていた。

モンマルトルの裏町のくずれかけ剝げかけた壁の傾きはさすがによく、心の痛むような色合で、これはやはり画家になるのだったなと私は思った。そういう裏町のちょっとした庭で、いかにも恩給暮しらしい閑そうな連中が鉄の玉を投げて遊んでいた。あれは何という遊びかTに訊いてもらったところ、一人の爺さんは名前なんぞないと言う。するとジャンパーを着た背の高い頰のくぼんだ優しい目をした男が、私のひらいた手帳に文字を書いてくれた。「一種の玉遊び　ペタンク」というものだそうである。さっきの爺さんが私たちに、今の男は芸術家でバレーの俳優だと教えてくれたが、どうも遠いむかし一度くらい舞台を踏んだことがあるだけで、現在ではうらぶれた恩給暮しの連中の間でのみ芸術家として尊敬されているような感じであった。

セーヌの岸の露店で、海賊王ドレイクでも持っていそうな木の台尻の古びた短銃を見つけ、欲しかったが、そこの婆さんはとんでもない高いことを言った。そんな金をだせばエッフェル塔だって買いこめる。この岸辺ではやたらとキスしている男女がいるが、地下鉄の中なんぞでも押されることをいいことにしてひしと抱きあっているのがいる。いっかな離れようとせずその間鼻で呼吸しているのだろうが、蓄膿症なぞある場合はどうするのであろう。そういえばこちらの人間は鼻の通りをよくするため、とんでもない大きな音を立ててよく鼻をかむのである。

リュクサンブール公園に行くと、水色の空がひろがり、広場は日光浴をしている人達で一杯で、クロッカスの蕾《つぼみ》がもう出かかっていた。あれだけ凍てついて霧だらけの陰気な気候の下で過してから、久方ぶりでこのような水色の空を見ると、欧州の人たちがどんなに春がくるのを待ちわびるか、また彼らが心底からタヒチやアフリカに憧れる心情が理解できるような気がする。

夜にはマルソーのパントマイムを見た。はじめは一番安い席で見る予定だったが、Tたちは学割が使えるため六五〇フラン（一フランは約八十銭であった。現在は平価切上げにより旧一〇〇フランが新一フランとなっている）で千五百フランの上席が買えるので、一番前のかぶりつきで見た。基本やビップものは日本で見たのと同じである。しかしビップの辻音楽師が得意になってヴァイオリンをひき、さて帽子をまわすと誰も金をくれる者がなく、だんだんと悲しげな顔になっていったとき、チャリンと音がして後方の席から舞台の床にコインがとんできたのはいかにもパリらしかった。セガールとロッドという若手が

『むかしむかし』というのと『死刑囚』というのをやったが、これはある物語、殊に長い時間の経過を現わそうとしている。最後はゴーゴリの『外套』を十人ほどでやったが、モダンバレーに近いところもあり、パントマイムの真髄は希薄なような気がした。

最後の日の夕方、町でいろんな食料品を買いこみ晩餐会をやることにした。Tの女房はホルモンが足りず、白人の女にくらべればまったくの小娘で、防寒のためにエスキモーみたいな珍妙な頭巾をかぶっている。そんなちっこい彼女がチョコチョコ店頭の雑踏の中を走りまわっているさまは、日本人が見ても異様であるが、誰ひとりふりむいたりはしない。パリにはもっと変ちくりんな連中がウヨウヨしているから、少々のことでは誰もおどろかない。だからパリでは、色が黒かろうが斑《まだ》らだろうが、タバコを耳からふかそうが、ボーシを足にはいて歩こうが、丸ハダカで逆立ちしようが、誰もふりむいたりはしない。

Tの部屋で、シャンピニオン、各種の腸詰、いろんなサラダ、カマンベール、赤に桃の葡萄酒、コニャックにビールと栄耀《えいよう》ゴウカな晩餐をし、さて八時五十分の汽車でル・アーヴルに帰ろうと駅まで送ってもらってきたところ、その汽車は日曜にしかないという。さすがにびっくりし、次ぎにはこれぞ天の配慮かと思ったが、船は明朝出港なので調べてみると朝七時の急行がある。大抵間にあうだろうし、もし船が待っていなければそれはもう私の責任ではない。船に電報を打っておいてから、すっかり陽気になり、また葡萄酒など買いこんでTのアパートへ戻った。駅員は彼の女房を私の妻と勘ちがいし、「あなたの旦那は女房なんかにまかしておくからこんなことになるのだ。明日の朝はしっかり起こしてやれ」と言ったそうである。

ところがその帰途、メトロの中で、ボーシを足にはいても驚かぬ乗客たちがしきりと私のほうを窺う。睨みつけてやると慌てて目をそらしてしまう。あとでTが言った。「君はあんなでかい声でしゃべるし、葡萄酒のびんは抱えているし、アル中と間違えられたんだよ」

パリの精神病院で圧倒的に多いのはアル中なのである。いや、欧州のどこの病院でもアル中は実に多い。日本では酒癖こそ多いが、本当のアルコール中毒性精神病は極めて少ない。たまに立派な幻視なんぞ持つ患者がいようものなら、せめて臨床講義の日までその幻覚が治らぬよう、教授や主治医は灯明をあげてバッカスに祈る。

私はTの部屋の床にマットを敷いてもらってもぐりこみ、なおも葡萄酒をのみながら、「僕はなにしろ不眠症だからなかなか寝つかれないんだ」と言うか言わないうちに大鼾《おおいびき》をかきだしたそうだ。よほど満悦しきっていたのであろう。

翌朝早くろくろく寝ないというTに起されて、渋々汽車に乗った。ル・アーヴルに着くと改札口に男がいて、「ドクター?」と訊く。船で心配してエージェントの男を派遣していたのである。平生の私ならキクキュウジョとして恐縮してしまうところであるが、なにしろサトリをひらいた直後のことだから、余計なことをしやがるとしか思わない。私はムッツリとして彼を従えて車に乗りこみ、出港は何時かと問うた。

「十時です」

「それじゃあまだ三十分もある」と私は日本語で呟いた。「実にケシカラン」なにがけしからんのか自分でもわからぬが、これがサトリの特徴なのである。

わが予言、崩壊す

私はなにぶんサトってしまったものだから、フランスを離れて以来、果然ナマケモノとなった。

私は寝坊するようになり、朝食にはめったに起きず、ひどいときには昼食になって辛うじて寝棚を離れた。その間に病人がくれば、寝巻のまま起きていって手当をするのであるが、なんという不精な医者だろうと船の者もアキれかえったにちがいない。船ではパジャマのほうが便利にちがいないが、私は断乎としてユカタを着ていた。それも一枚しかないうえ、たまには洗濯日に今度こそ洗おうと思っていていつも忘却してしまい、日本を発ってから一ぺんも洗っていないので、今は垢と油でヨレヨレの有様である。

船医というからにはおそらくスマートな姿をしていると人は思うだろうが、この船では制服なんぞくれないから、それをよいことにして私は勝手な服装をしていた。暑いところでは半ズボンにポロシャツ、寒くなればごわごわの作業ズボンにトックリ首のセーターである。このトックリ首のセーターというものは、Ｙシャツなしで済むから、不精者にとっ

ては悪魔の恩寵《おんちょう》ともいうべき衣類である。港につけば、それはちゃんとネクタイなどしめ背広を着る。

洗濯は電気洗濯器が二台ある。私はかような文明の利器をそれまでにいじくったことがない。これに汚れ物をぶちこんで粉石鹼をまきちらし、電気を通ずれば忽ちガッチャンガッチャンと回りだし、アブクはカニが癲癇を起したごとく盛りあがる、飛沫はとびちるで、その勇ましきこと限りがない。私は感服していつも多大の時間を費やしたから、日本につくころにはシャツがあらかたボロボロになってしまった。

もっともいろんな文明の利器ができてわれわれの生活に余裕ができたかというと、旦那はさまざまの月賦を払うためになおさらアクセクと働かねばならず、女房のほうはボタンを押して御飯を炊きスイッチをひねって部屋を暖め、凄じい唸りを発する真空掃除器でゴミを吸いあげるかと思うと、遠隔装置のマジック・ハンドで子供の耳をつねり、目はテレビを見、耳にはべつのラジオのイヤホーンをはめ、さて自分は腰をおちつけ、爪など生やらかしてセッセと毒々しく塗りあげる。すると赤外線に来客がふれて自動開閉装置つきのドアがあくので、身動きした拍子にマニキュアの液をぶちまけてしまい、しかしいささかも動ぜず専売特許強力シミヌキ液をふりかけると、たちまちシミは綺麗にとれるがついでに絨毯《じゅうたん》まで溶けてしまい、そこで腹を立てて火にも焼けず酸にも侵されぬ新案スプリングつき絨毯をとりよせて敷きつめると、そのスプリングのため天井まで跳ねあげられ、なにしろ各種ヴィタミン、ミネラル、胎盤成分入りの食事をとっているから相当に重く、落ちてきた拍子に床をぶちぬきチャブ隕石孔《いんせきこう》ほどの穴があいてしまうので、そこで彼女はサメザメと泣き、疲れきって戻ってきた夫に訴える。「あなた、せっかくのびた爪が折れてしまったわ」

ともあれ、私はなにぶんサトってしまったものだから、あらゆることに怠惰になり、目も両方あけているのはムダなので片一方だけ開けていた。チーフ・オフィサーがドイツの漁業調査船アントン・ドルン号の説明書を持ってきて訳してくれという。私は、何を隠そう自分はサトリをひらいたから、さようなくだらぬことは今後一切しないと断わった。

「どうもサトリなんぞひらかれて弱ったものだなあ」と彼がしきりとぼやくので、私はついそれを受取って開いてみると、どうしてこれが難物である。三位電流とかなんとか特殊用語にみちているうえ、船の上甲板には絞首台《ガルゲン》なんぞがついている。いくらなんでも船に絞首台なんかあっては変だからどうせ専門用語なのだろうが、そんなものをいちいち調べていては大変である。私は「いいですか、完全な直訳をするからあとで勝手に直しなさいよ」と言っておいて、暗室《ドゥンケルチンメル》なんぞも陰鬱な部屋と訳し、エンジン・ルームの面倒な機械などはすべてとばしてしまった。この船はすぐれた調査船で、さまざまな化学実験室をそなえ、医者にもちゃんと助手がついているし四ベッドをそなえた病室まである。しかし私の訳によれば、ひとかけらの推進機関も有さず絞首台やら薄暗き部屋にみちみちているので、さすがドイツの誇る最新調査船アントン・ドルン号もあわれ幽霊船のごとくなってしまった。

更に私はフンヌの鬼と化した。言語道断にもタイガースが田宮を手離したからである。この大事件を私はこの頃まで知らないでいた。ハンブルクで私はY氏から二カ月分くらいの日本の新聞をもらったが、半分ほどサロンに置いたところすぐどこかへ消えてしまった。それで私は残りの新聞を部屋から出さず、しかも一日に一枚しか読まないことにして愉しんでいた。しかるにある日その一枚をひょいと見ると、この不当千万な記事がのっているではないか。

私は二年ほど前ある雑誌に予言など発表し、「雪男は実在し、近い将来その正体が判明するであろう。民主主義はやがて心理学的危機に逢着《ほうちゃく》し、その機構は相手方のそれとますます相似してくる。宇宙旅行はその実験段階を終る頃、かなりの停滞期を余儀なくされるだろう。空とぶ円盤は実在するが、その正体は雪男のように簡単には摑めない。十年後、生化学の分野で革命的な進歩がなされるであろう。癌はやがては克服されるが、現在分裂病と仮りに呼ばれている疾患の本態は五十年後にも解明されまい。宗教は新しい衣装を着て登場してくる。他遊星からの攻撃がありうるとすれば、それは一九九〇年以後のことである。放射能の影響によって人類が滅亡するなどということはないが、結局は地球上において絶滅し、他遊星への移住は希《のぞ》み得ない」などと並べたが、その中に「ズバリといえば、一九五九年、阪神タイガースは優勝する」と書いてしまったのである。田宮に脱けられてしまっては、優勝なんてネス湖の巨竜を捕えることより難かしい。かくて私はフンヌの鬼と化したのであるが、サトるとどうもヤタラメッポウ怒りたくなるものらしい。

しかしながら、予言なんてものはそもそも遠い将来を占うもので、十六世紀の大予言者ノストラデムスの四行詩はけっこう当っているけれど、ナポリの魔術師スキレ・ダンジェロは去年の暮、今年の予言として、ナセル大統領は悲惨な死をとげる、米ソがいくらロケットを打ちあげても月までとどかない、などと占ったが気の毒にもみんな外れてしまった。

それにくらべるとH・G・ウェルズの予言の書『世界未来記』は遥かにわれわれの興味をひく。一九三三年に発刊されたこの本には原子爆弾や日本の敗戦や第二次欧州大戦のことが書かれているが、この最終戦争（と彼は見る）の発端を彼は次ぎのごとくに画いている。

一九四〇年のこと、一人のユダヤ系ポーランド人の商人が、ダンチッヒ駅頭で、停車中の列車の中で入歯の具合がわるくなり、不意にひどいしかめつらをする。ちょうど、窓外のプラットフォームに若いナチス党員が立っている。そしてこの商人のしかめつらを、ナチの制服に対する敵意をもった批評と受けとる。それから激しい口論が始まるが、困ったことにそのポーランド人はドイツ語をちっとも知らず、徒《いたず》らに口をもぐもぐさせるだけである。ついにカッとなったナチの若者は、我慢のならぬ相手がまだ手と顔で変な所作をするのを見るや、ピストルを引きぬいて彼を射殺する。かくて、いろんな武器でチャンバラが始まった……。

もっともウェルズの書は概して大脳皮質の所産であるから、その意味では面白みに乏しい。やはり予言というものは、大蠟燭の灯《ほ》かげにネアンデルタール人のごとき怪異な相貌をゆらめかせ、ウィルツカの岩塩、シーラカンスの鱗、バオパプ樹のエキス、オカピの血の汗などから調製した秘薬をあおり、あやしげな呪文と共に間脳あたりからほとばしる霊気をとらえるのが本当である。

私の予言は催眠状態における一種の精神感応によるもので、詳細はむろん厳秘であるが、ユンクの集合的無意識を応用したものと言ってもよい。もっともユンクの学説について占ってみたところ、その答えは、「極めて美わしき説なるも、おおむね実用には供しがたし」それならばフロイトはと占ってみたところ、「極めて偉大なる説なるも、その半分は嘘ッ八なり」

私がこんなふうに不精に横たわり、かつメラメラと憤怒の炎など燃やしているうち、海は次第に青く、太陽も日ましにその輝きをましてきた。もう地中海なのである。もっともフランスの海岸を遠ざかるときから、あの霧の下ににぶく冷たくひろがる陰鬱な海はすべて見られなくなっていた。フランスを去る夕ぐれは風こそ冷たかったが、海は実に柔かく、上等のオリーブ油のようにうねり、うす水色の中に西空の色彩を映して、うす紅やうす桃の影がいりみだれ、それこそ光を色彩に分解するのは当然にして必然と思われるような眺めであった。

リスボンで買った「マノン」という一見シャンパン風のびんをあける。これは街で二百円ばかりで買ったもので、ポンと威勢よく音こそするものの、むろんインチキな品である。うまくないので、残りを局長の部屋へ持ってゆき、不在だったから、「どうぞ召しあがれ、ドクター」と書きおきしてきた。翌日になると局長が現われ、

「いやあ、シャンパンというものは実に大したものですなあ」と、しきりに感心する。

実は一口飲んで、あとは翌日飲もうとそのまま寝たところ、朝になってみたら一滴も残っていなかった。あれは炭酸がはいって、ブツブツ泡がでていたから、きっとみんな蒸発

してしまったのだろうと言う。

むろんのこと誰かが失敬して飲んでしまったにちがいないが、局長があまりにも感嘆するので、私はおかしさをこらえて黙っていた。

ゴマンとある名画のことなど

三月三日、午後ニース沖を通過、モナコの山がうっすらと霞んで見える。

夜十時半、船が速度を落したのでデッキに出てみると、前方の暗い海上に素晴らしい光輝が浮かんでいた。一面に灯の海で、青や赤の灯も点々とし、全体として夢のような幻《まぼ》ろしの城が輝いているようだ。ジェノヴァの港の灯なのである。丘の斜面に街があるらしく、かなり上方にまで灯が連なっている。

左手の方には灯台が光をまわしている。その横手に信号灯らしい赤い灯が明滅する。今までの港とちがい、暗黒の海上にいきなりこの光の渦が浮かびでたのは素晴らしかった。やがてパイロットが上船し、かなりの速度で防波堤と船との間を突きすすむ。船室にもどって服を着かえたり靴を磨いたりしているうち、十一時半桟橋についた。港にはいってしまうと、もう普通の倉庫の並ぶ港町で、さきほどの光の城は消えてしまった。

入港手続きで忙しかった船内がひっそりとしたのはもう夜半の一時半ころであったが、廊下でコステロ氏と会い、「マスター、出るか?」「承知」というわけで、二人して深夜の街に上陸した。横手の桟橋にはイタリア海軍の駆逐艦が三隻ばかりいて、衛兵が立っている。どこからか警官が現われ、手ぶりで町の方角を教える。

大通りまで出ると、ぽつぽつとバー、ホールなどのネオンがついていて、ポン引き風の男、タクシーの運ちゃんなどがたむろしている。商売女も二三人ずつ立っている。その数は極めて多いが、年寄りが多く、あまり声もかけてこない。たまに「ハロー」などと言う。

小路にはいると、臭気がただよい建物も歪んでいるようで、頭上に洗濯物が盛大にかかっている。そうした汚ない壁に思いがけない聖母像があったりする。路上を一匹の黒猫が走る。

ちょっとしたバーでビール、葡萄酒をのみ、大通りを船の方へ帰りかけると、向こうから三四人づれの労働者風の男たちが、大声でオペラの曲を手ぶりを入れて唄いながらやってきた。私の前にくると酔っぱらい特有の大仰な身ぶりで挨拶する。言葉はさっぱりわからないが、ポルトガルで私の肩を抱き、これから飲みに行こうと誘う。ピースをやると、私はすでに慣れているから、とても地球語とも思えぬ言葉で相槌を打ちながら、そのまま彼らと一緒に行くことにした。後方をみると、コステロ氏も二人ばかりの相手と手ぶり足ぶりチャンポンな言葉で応酬している。

一軒の店で甘ったるいベルモットを飲んだ。彼らは一息にこれを飲みほしてしまう。私はおごってやるつもりだったが、どうしても金を払わせない。しきりと身ぶりをし手錠をかけられた真似をしてみせるが意味がよくわからない。コステロ氏のほうがやはり手ぶりを見抜くのがうまく、この店は外国人と見るとふっかけてしばしば摑まったことがあるという意味だろうと言った。もう一軒べつの店へ行ってコーヒーを飲んだ。これも金を払わせない。やっと最後に一杯ずつベルモットを飲ませ、彼らと別れた。なにしろ「有難う《グラッツェ》」「どうぞ《プレゴ》」くらいしか知らないのだから芯が疲れるが、けっこう楽しかった。三時過ぎの大通りにはまだ人影がたむろし、巨大なトラックが音をたてて過ぎる。

酒場で貰った釣銭はみんな似て見えたが、調べると十リラのアルミ貨、五十リラと百リラの銀貨がある。硬貨という奴はその国の一面を現わすものでバカにできない。一番立派なのはイギリスで、これを見ると大英帝国いまだ滅びずという感じがしてくる。スイスもなかなか立派で、ドイツは実質一方だ。アメリカの銀貨はさすがに価値ありげだが、いかにもこれがドルだよ、これさえあれば世界中どこへ行っても大丈夫だよという顔をしている。ポルトガルでは十エスクドの銀貨がよく、フランスの五フランのアルミ貨はでかいことはでかいが少なからず安っぽい。オランダ貨はなかなかよく、その十セント貨はごく小粒でとてもかわいい。トイレットの婆ちゃんにやるに適している。これに近い大きさのものにシンガポールの五セント貨がある。ベルギーでは五十サンチームの銅貨なんぞがおもむきがあり、エジプトの穴の開いた奴に至っては磨滅《まめつ》しつくしていて幾らなのだか見当もつかぬ。さて親愛なるわが日本の硬貨はというと、これは残念ながらお世辞にも讃めるわけにはいかない。

イタリアに着いてどこを見物するかは少なからず迷った。行きたい地名は山ほどあるし、モナコにも乗りこんでみたかったが、これはアルファ・ロメオに乗って帰ってくる可能性もある代り、パンツ一枚でほうりだされる可能性も多分にある。結局、ミラノの生理学研究所に去年の暮からいる医局の先輩Hに会うことにした。その研究所には後輩のKも二年ほど前から勤めている。

翌日、眠かったが無理をして起きて小雨の中を駅まで行き、電報を打ち、ついでいくらか街を歩く。ごみごみした市場で太った婆さんが大声でわめいているのを見るのは楽しい。野菜や果物、さてはイカや魚を手でつまみあげてみせる。売手の女はたいてい醜く太っているが、たまにいる若い女は概して顔立ちがいい。いったん船に戻って荷物をつくり、午後の汽車でミラノへ発ち、そのまま出港前夜まで戻ってこなかった。

ミラノ駅の巨大なガラスのはまった高い天井のあるホームに降りたち、迎えにきているかと思って見まわすが誰もいない。イタリア人はオセッカイが多いから、駅に降りてぼんやりしているとすぐ誰かがやってきて、相手がフランス語を話すとわかれば馳《は》せまわってフランス語をしゃべる者を連れてきてくれるとTが言っていたが、これは夫婦づれの旅でやはり若い女がいたためであろう。Hの手紙には、イングレーゼと大声でくりかえしていれば英語のわかる奴が、デデスコ、デデスコとやればドイツ語のわかる奴が出てくるとあったが、どうもそんなタイコみたいな真似をするのも嫌である。

私は研究所に電話してみようと思い、公衆電話のボックスにはいり、硬貨差入口にポケットにあるかぎりのいろんな硬貨を入れようとしたが、いずれも当てはまらない。困惑して前を通りかかった男を呼びとめ、手真似をしたところ、彼は私を駅の売店に連れて行った。直接硬貨を入れるのでなく、ここで電話用の硬貨みたいな奴を買うのである。

　さて、研究所がでたので、私はやたらと「プロント、チェ　ドットールH？　ドットールK？」と繰返した。これでどちらかが電話口にでてくれないと困るところだったが、幸いKが出て、Hは今ボローニャの病院を見学に行っているが今夜戻る、これから駅へ迎えに行くところだったと言った。いや、こっちから行くからとタクシーにとびのり、研究所の住所を書いた手紙を見せ、かなり捜したがようやく辿りついた。

　Kは私を一室に連れこむと、いま研究しているセロトニンという或る脳内物質の話を始めた。どうもなかなか勉強家だなと思って聞いていたが、あとでHに聞くと、彼は人間とみれば誰でもかまわず摑まえて何回でもセロトニンの話を始めるので研究所じゅう恐慌をきたしているそうである。Kはそのほか、休みによくスキーに行くスイス領では、登山電車の切符がイタリアの金で買えるとも話した。またイタリア人は割に親米的だとも言ったが、概して欧州人のアメリカ人に対する反感は相当なものであるらしい。リスボンのある酒場の女は、アメリカ人の話になるとあからさまに軽蔑の色を現わし、でも金があるじゃないかと言うと、彼女は鼻の上にこぶしを重ね、別の手でそのこぶしを摑んでピシャリと床の上に叩きつける真似をした。アントワープの「大正」のマダムの弟氏も、「アメリカ人の心は、キレイデナイデス」などとまじめくさって言った。そのほかアメリカ人の旅行者に対する面《つら》あてに、東洋人の旅行者の方にサービスをよくするなんて話はしばしば聞く。

Kが少し高ければ英語の通ずるホテルがあると言うが、そんな必要はないから一晩千二百リラ（一リラは約五十八銭）の宿を捜してもらった。食事は主に研究所で食べた。一食三五〇リラである。スープかマカロニ、肉が一皿、それにサラダは豊富に出、果物が出る。Hは、初めのうちはなんだか腹がすくような気がしたが、今では腹の調子がすこぶるよく、パンはせいぜい一個しか食べない、考えてみれば日本ではテンプラなんぞするときは魚を十ばかりも食べ、逆に漬物だけですましてしまうことも多い、やはりいつも同じくらいなものを間断なく摂った方が身体にいいようだ、と話した。食卓には水と安っぽい赤葡萄酒くらいのものである。パリのサン・タ―ヌ病院の医局員食堂を見たが、バカげた壁画のあるそこのテーブルにはずらりと葡萄酒やビールが並んでいた。酒は飲み放題の由で、だから午後には大抵の若い医者は酔っぱらって、何にも仕事をしないという。ここではコップに半分くらい葡萄酒を入れ、水で割って飲んでいる人が多いが、と言ってこの二例だけでは比較にはならない。この研究所には大抵いつも二三人の日本人がいるので、私が食べていても、ああまた新顔がきたかくらいに思っているらしい。中国と韓国の留学生が一人ずついて挨拶をかわした。

宿まで送ってきてもらい、途中で買ったキャンティの葡萄酒をグビグビ飲みながら日記をつけた。どうも我ながら酒ばかり飲んでいるようである。

Hはまだ研究課目が決まっておらず閑だったので、結局私はここでもずっと彼に案内してもらうことになってしまった。案内者がいると確かに便利で、一人では三カ所くらいしか回れないところを五つも六つも見られるし、また短期間の旅行者というものはあれも見たいこれも見たいと欲ばるものだが、これは後でふりかえってみるとマイナスの方が大きいように思われる。写真機も往々にして有害である。建築科の学生に桂離宮を見学させたところ、カメラを持ってこなかった者の方が遥かによく観察していたそうだ。

ここの絵画館にはいると、まったくその名も高き名画ばかりがゴマンとあるので、わかりもしない古い宗教画から丁寧に見てゆくと、やがて四方の壁にやたらと並んだ大作の圧迫感で目がくらんでき、途中までくれば膝がしらなど震えだし、出口に辛うじて辿りついたときには完全に腰が抜けてしまう。ルーヴルではTにあれとあれとあれを見たいと言い、ごく重点的に済ましてきたのは今考えてみても賢明であった。それにしても、絵なんぞ見るくらいなら鼻の穴からウドンをすすったほうがマシだと平生は考えている御仁が、外国旅行をするとなるとトタンに大した美術愛好家と変じ、あそこの美術館ここの絵画館とせっせと通われるのは一体どういう了簡《りょうけん》であろう。そんなことを言ったって絵がへるわけじゃなしと言うかも知れないが、それがちゃんとすりへってしまうのである。やはり人間の視線には眼力《がんりき》というものがあり、これは絵を見ることを知らぬ人ほど強い。ルーヴル付属にあるドガの例の『踊り子』は、あれはパステルとクレヨンなので、さる物好きの推定によるとすでに三億七千万ほどの粒子が、心なき人々のガンリキによって剝離してしまったという。更に一九五一年のある冬の日の日ぐれ方、ロッテルダムのボイマン博物館におそらくスペイン人と思われる一人は物凄いヤブニラミ、一人は物凄いデメキンの二人連れが現われ、ほかの絵には目もくれず、ブライトナーの『裸婦』を一時間ほどジロジロギロギロ睨みまわして帰ったが、そのあと看視人が調べてみると、お尻のあたりの絵具がおよそ半ミリほども凹んでいたという話である。ましてやミラノにある『最後の晩餐』などはいくたびも修理を重ねているうえ、今度の大戦で空爆に会い雨ざらしにされているので、特別ガンリキの強い人に睨まれれば忽ち崩壊してしまうであろう。私はスカラ座でヴェルディの何とかいうオペラを見たが、音痴である私なぞが唄声を聞いてしまってはいくぶんでも声量が減ずる怖れがあるので、礼儀正しくちゃんとはじめから耳に綿栓をつめていた。ここの一番安い四階の席に行くには、横手の狭い汚ならしい階段を天まで昇りつめるかと思われるほど登らねばならぬ。太った婦人などは途中で立止って息をついている。しかしひとたび内部にはいると、絢爛《けんらん》たる桟敷《さじき》の光景はさすがに一見の価値があり、殊に幕があくとき天井の大シャンデリアが消え、客席のみほのぐらく浮きでるときがもっとも美しい。四階の席には歌舞伎の立見にいるような連中がいて、終ると手をふりまわし向こう側の客などに何回もアンコールをしろとうながす。やはりイタリア人である。

幕合に私がトイレットに行こうとすると、Hが顔をしかめて、小便なんぞするな、オシッコをして銭をとられるのなんか阿呆らしい、と言う。しかしそんなことも言っておられぬから私はトイレットに行ったが、タオルを持った婆ちゃんなんかおらず、Hはそれまで三度もスカラ座を見ているのに今までガマンして一度もオシッコに行かなかったことが判明した。更にHはいつも四階の一番前の席で見ているが、二つのノイローゼ症状を起したと語った。一つは断崖絶壁と切りたっている、もたれている壁が崩れおちはせぬかという恐怖《フォビイ》、もう一つは過《あや》まってオペラグラスを落っことし、階下にいる客の頭蓋骨を粉砕しはせぬかという恐怖だそうである。私はオペラグラスで客席ばかり覗いていたが、そのうちに私にもその強迫観念が感染して掌がじっとりと汗ばんできた。そうやって覗いていると、向かい側の席にも同じようにこっちを覗きまわしている女の子がおり、両方のガンリキが会うとさすがに向こうは照れて、脇にいる友人の脇腹なんか突ついている。

一日コモ湖へ行った。ミラノ駅を発つその列車はハンブルクまで行く国際列車で、そういう車両には通路にまでぎっしりと大きなカバンをかかえた連中が立っている。半ばぼんやりした表情で、窓から首をだしてホームを見つめている。出稼ぎに行くイタリア人達なのである。

コモ湖に近づくと、その次ぎの駅はもうスイスなのでパスポートの検閲にくる。私の船員手帳を見るとあやしいと思ったのかいったん持っていってしまったが、コモで降りると言うとすぐ返してくれた。

折悪しく小雨で、アルプスの山々も雨にけむって少しも見えない。湖畔のベンチの上で雨に濡れながら相抱いている男女がいた。女は男の膝の上に顔をうつぶせている。男はそのうえに上体をかがめ、片手は女の髪をまさぐっている。私たちが通りかかったとき、女はそのままの姿勢でなにか言った。Hが聞きとって通訳してくれた。女は、わるい人！と呟いたのである。

ケーブルカーに乗って山の上に登った。このあたりには立看板があり、「風光絶佳」「歌にうたえぬほど美わしい」などと書いてあるそうだが、雨はなお降りしきり何ひとつ見えぬ。下界に降りて、自動車会社の職工がたむろする店でトーストを食べ、夕刻ミラノへ戻った。

私はパリのサトリのところで、コモ湖で会ったイタリア生れのドイツ少女のことを曰くありげに書いておいたが、もちろんそうした書き方の常として、あれは何でもないのである。私たちが湖畔を歩いていたときすれちがった二人づれの少女が、しきりに何遍もふりかえる。そういうことが判るのは、つまりこちらも何遍もふりかえってみたということになるが、ずいぶん隔たってから双方とも立止り、Hが手をふって呼んだらとうとう引返してきた。その一人がくだんのイタリア生れのドイツ少女で、彼女は曇った声でいきなり言った。「汝、ドイツ語を話すや？」

ところが、このあとはどうということもないので、彼女たちはこれから勤めに行くため、茶を飲む閑もないという。写真をとってやって別れたが、このイタリア生れのドイツ少女からは日本に帰ってから二度ばかり便りがきた。一つは愚かにもイタリア語なんぞで書いてあるので少しも判らず、もう一つは間違いだらけのドイツ語で書いてあったが、てんで丸っきり子供の便りである。やはり十四歳ではまだダメである。

一夕、Kが論文の翻訳かなんかして金がはいったとかで、エマヌエレ回廊のレストランをおごってくれた。オードヴルは車のついた台で大仰に運んでくる。実に多様な種類があり、調子にのって取ってしまうとそれだけで腹がくちくなり、かつ食事代の大半はオードヴル代が占めてしまう。二人の女が替る替る歌をうたうが、年とったおばちゃんのほうはなかなかうまい。いま流行している「ピオヴェ」とかいう唄は、いつも我々の愛の上には雨が降る、という文句だそうだ。

イタリアでトーストというと、オードヴルの材料のような各種のソーセージ、ペースト、キノコ、魚、オニオン、キュウリなどを挟んだサンドイッチのことを指す。Hと見物して歩いたときは、これは高くないしおいしいし珍しいから、ほとんどこのトーストで腹を満たした。カウンターの前に立ってほおばっていると、女学生くらいの少女がきてトーストを頼み、それとこれとあれを入れてくれと指さしている。そうしてできるのを待っている間も、実に待ち遠しそうな表情を少しも隠さずにじっと見守っている。その今にもあどけない口中に唾が湧いてきそうにしている様子がなかなかいい。

ある夜、Hとやはりトーストを食べていると、一人の若い女がはいってきてトーストを頼んだ。その横顔はイタリア女によくあるようなケンがなく、実に可憐で、かつジェロニモ大寺院にあったマリア像のごとく端麗である。彼女がトーストを紙に包んでもらって店を去ってから、私はそのことを黙していることができず、Hから店の男に伝えてもらった。彼女は近所の床屋に勤めている娘だそうである。

どうもれっきとした貴婦人なんぞよりも、小間使いとか爪磨きの娘のほうが日本人の好みにはあうらしい。だから留学生が往々にして恋などすると、こちらは学士さまでむこうは小間使いなもので首尾よく結婚するが、その小鹿のようだった彼女が日本に連れかえったころから見る見る太りだすのは見るも怖ろしいくらいである。彼女はついには部屋一杯にふくれあがり、身動きをするたびにこちらは跳ねとばされてしまい、狭い部屋住みの身であれば、旦那は常にセミのごとく柱にしがみついていなければならない。

留学生といえば、Hは私と歩いているときバスや電車の中で、ちょっと年とった婦人でも見ればすぐさま席を立った。彼はもともと気だてのよい男であるが、日本にいるときこれだけよく席をゆずったかどうかはわからず、やはりずいぶんと気を使っているのだろう。一日は県立の精神病院へ行った。ちょうど生理学研究所にいる若い医者がそこに勤めているので、前日電話で連絡してもらい、雨の中を三人で病院を尋ねて行ったところ、その若い医者が出てきて、折悪しく院長副院長とも留守だから見学させるわけにいかぬという。その男は変り者で研究所でも一人離れて研究しており、どうもユダヤ人らしく、会っても決して笑わぬけれど気だてのいい男だから、というようなことを私はHから聞いていたが、なるほどちっとも笑わぬどころか、このうえなく陰鬱そうな彼の目つきであった。見学させるわけにいかぬと言われれば仕方のないことなので私は諦めたが、内心、病棟の一部でも食堂の一隅でも見せてもらいたかった。ただ直感的にわかるのは、彼が不親切でそう言うのではなく、本当にそうする権限をもっていないようだということであった。気のせいか、玄関番などもこの医者にあまり敬意をはらっていないようにも思われた。外国では若い医師でも相当の権力をもっているものなのである。なにかお互いにわかる片言を話そうという気も起らず、私は握手だけして彼と別れたが、なんとも暗鬱なその目つきだけは未だに私の記憶に焼きついている。

その目つきを見て私は一二の挿話を憶いだした。Tがパリでオランダの青年と知りあったが、だんだんつきあっているうち、その青年はユダヤ系で、アンネの家族などとも交際があったということがわかってきた。自然ナチスの暴行などの話が出、Tは極めて人間的な同情をしめしたが、あるとき彼と一緒に食事をしているとき、相手はいきなりパンに胡椒をふりかけて差出してみせた。Tは怪訝に思ったがそれを食い、まずかったのでその旨を伝えると、相手は言った。

「私たちはずっとこういう味を味わってきたのです」Tの話によると、彼らははじめなかなか打ちとけぬが、いったん友情を覚えると、今度は人に飼われたことのない捨犬が思いがけず親切にしてくれた人間にすりよってくるように身をもたせかけてくるという。

Mがニューヨークで勤めていた病院には、精神病患者が多く、身元不明、国籍不明という患者もざらにいた。あるとき一人のひとこともしゃべらない患者を、ギリシャ人の医者とともに診察していると、その患者がなにやらドイツ語らしきものを呟きだした。

「自由《フライハイト》」とたしかに言う。これはドイツ人らしいというので、ドイツ人の看護婦を呼んできた。看護婦がドイツ語で問いただすと、かなりいろいろのことをしゃべりだした。ところが、そのうち看護婦の態度が次第に冷淡になったと思ったら、「これはドイツ人ではありません」と言って帰ってしまった。その患者はユダヤ人で長いことナチの強制収容所に入れられていたのである。すると、患者がユダヤ人とわかると、それまで熱心に調べていたギリシャ人の医師までが急にそっけない態度に変ってしまった。これはMにはどうしても理解できないことで、彼は私にむかってこんなふうに言った。「おれの覚えているのは、自由！　って言葉だけさ。なにしろその男は、最後にはそれだけわめくように言うのだぜ」

ミラノを発つという夜、私はHとドゥオモ広場のわきの店で甘ったるいイタリアビールを飲んだ。雨の降りしきってくる夜空に、付近のネオンの光をあびて、巨大なドゥオモの怪異な姿が立ちはだかっている。先日私はこの大寺院の屋根にエレベーターで登ってみたが、それこそ数限りなく尖塔が林立し、その一つ一つに彫刻やら像やらがくっついているという次第で、荘厳、華麗というよりなんだかバカにされたような気がしてくるほどである。

「どうだい、あれの印象は？」Hは夜空に異形な姿をさらしている大ゴシック建築のほうをすかしながら訊いた。

「凄いな、たしかに」と私は呟いた。「しかし、ああ徹底的に凄くっちゃむしろ反感を覚えるよ」「僕もそうだ」と、Hは夜の街角に立っている娼婦らしい女の影を目で追いながら言った。「僕たちはあれのことを、オバケ、って呼んでいるんだよ」

十時すぎジェノヴァの駅に着き、タクシーで船を捜した。船は私のいぬ間に桟橋を移った筈で、私はミラノからジェノヴァのエージェントに電話してもらい、桟橋の名を書きとっておいた。ところがそこへ行ってみると船はいず、それから港の事務所へ行って船の名が各桟橋ごとにずらりと並べてある掲示板を捜し、ようやく船の居所を突きとめた。タクシーは夜は高くなるしチップはやらねばならぬから、ミラノでもう一杯ビールを飲んでいたら危いところであった。

カバンをさげて船室にはいってゆくと、船の幹部級の連中がなんだかオソロシイ顔つきで酒を飲んでいる。船長などは頭に卵を割って落してやったら目玉焼きができそうなくらい熱くなっている。実はコステロ氏が上陸している間に船が動いてしまい、彼は戻ってきたものの居所がわからず一晩捜しまわったという。ベテランの彼でさえそうなのだから、まして私なんぞが船を簡単に捜しあてようとは考えられず、これは明朝の出港を延ばさねばなるまいと相談していたところなのであった。

「それはまことに恐縮の極み」と私は言った。

「ミヤゲがある筈でしょう、ドクター？」船長は今にも船火事でも起しかねないケンマクでわめきたてた。「ミヤゲは私の机の上においときなさい。ミヤゲ、ミヤゲ！」

盲腸とアレキサンドリア

盲腸炎——虫様突起炎、或いはそれよりはマシな虫垂炎という正当な病名が普及しないのは、やはりこの病名自身の責任であろう。しかし盲腸炎では事実と違うのであるから、むしろ医者の略語でアッペと呼ぶようにしたらどうだろう——は、船につきものの病気である。確かに統計をとっても陸上の人間より頻度が多い。緊張と弛緩が交互にくる海上勤務が影響するのかも知れないし、また大学などでも虫様突起炎と診断して開腹してみると虫様突起はなんともないことがかなりあり、陸上では様子をみたりペニシリンでおさえてしまったりするのを、船では大部分外科医が乗っているから、よき敵ござんなれとばかり忽ち切ってしまうのだろう。船医がいない場合でも、あやしい腹痛があればやはり港でおろして切ってしまう。病院では手術してみて、あれは盲腸ではなかったとはなかなか言わないのである。

ところで宇宙精神医学研究室主任である私は、こんなオナカの手術なんぞあらかた忘れてしまっている。それでも出港までに日があれば何例か切らしてもらって復習をすることもできるが、とてもそんな閑があるどころではなかった。まあいざとなったら、多少ぶざまでもうんと大きく開腹すれば殺害してしまうこともあるまい、それにそうやたらと盲腸患者がでるわけじゃなし、と思っていた。ところが操業をしていたころから、甲板次長が局部に圧痛を訴えて来、訊いてみると以前にもそうだった由でどうやら慢性盲腸炎らしい。慢性盲腸には往々にして癒着があり、それがひどいときには本職でなければ手術は困難である。私の友人が勤めている精神病院で盲腸が出、面倒くさいから開けてしまえと同僚と二人で開腹したところ、もうメチャクチャに癒着しており、これはどうにもならんと慌てて電話をかけて外科医を呼んだことがある。この甲板員の場合は白血球もふえておらず、少しペニシリンを使ったら収まったけれど、いつまた再発するかわからないので私はビクビクしていた。ミラノの生理学研究所に行ったとき、ここに外科医の日本人がいたので、私はその人に癒着のある場合の手術法をいろいろ教えてもらっていた。そこにHがはいってきたが、話をきくと顔色を変え、「お前さん、乱暴な真似はやめろ、やめろ」その外科医もどうもこれは危なっかしいと思ったらしく、「ひどい癒着ですと私らだって一人じゃ困るときがありますからね。まあ五十例くらい切った経験がないと……」

わざとしたように、ジェノヴァを出港して三日ほどたつと、くだんの男がガゼン症状を訴えてきた。今度は圧痛点が著明で、おまけに発熱している。こうなっては私もサトったなどと言って寝てもいられない。いろんな抗生剤を使い、船長と相談して三日後につくアレキサンドリアで入院させて手術することにした。君子でもマンボウでも危うきに近よってはならない。港に着くころにはかなり症状が減じていたが、また今後もビクビクするのは嫌だから、そのまま病院に入院させた。アレキサンドリアには私の兄の知合いであるS氏という人がいて世話になったが、病人がでたときのこととて非常に助かった。また日本郵船のなんとかいう人（ちゃんと名前はあるのだが忘れてしまった）にも世話になった。この人にエジプトで薬をねだりにこられる話をすると、「それは私たちの会社にも責任があるかも知れませんね。戦後航路が再開になったとき友好を深めるためにいろいろミヤゲモノをくばったのです。だから日本船とみるとなにか貰えると思ってる。アメリカ船なんかにはあまり行きませんからね」

　病人を入院させるとき、たとえ相手が医者であってもドイツ語は役に立たぬことが多いのをそれまでの経験で痛感したから、私は症状や経過、ほどこした処置などをあらかじめ字引きを引いて英語で紙に書いていった。病院の若い医師がひととおり診察ののち、それを見て、この通りだ、たいへん要領よく書いてあると讃めるので、私はちょっといい気になったが、そいつはおそらくインターンくらいのヒヨッコ医者で、予診係りにすぎないことがやがて判明した。もっとえらい医者の診察があって、やはり盲腸で手術しようということになり、私も立会った。手術は大仰に全身麻酔をするが、ギリシャ人の医師でなかなか手際がよい。癒着というほどの癒着はなく、彼は切りとった虫様突起を示して、これはずっと慢性できて急に急性になった出血斑《しゅっけつはん》だと言った。

夜の九時すぎ、眠っている病人を病室に運んでから私は船に戻り、かなり疲れていたが、明日からは病人を見舞ってやらねばならぬから、寸刻を惜しんでチーフ・オフィサーと街へでた。

波止場の構内は銃をもった警官が見まわっている。ポン引き風の若者が現われ、案内すると言い、いくら断わってもどこまでも尾《つ》いてくる。悪いエジプト人がいてトラブルが起るぞなどとしつこい。二人で交互に断わり、知らん顔をして歩いてゆくと、まだ尾いてきて、金は要らない、あまったタバコをくれればそれでよいと言う。タバコだけだぞと念を押し、結局彼を連れて歩くことにした。

街へ出ると、回教の断食期間に当っており、夜はそれが解けるので大変な喧噪である。パジャマ姿のはだしの子供が大勢路上でマリを蹴って遊んでおり、ブランコには蟻のようにたかっている。街には馬糞の臭気がただよい、バザールの開かれた広場はたいへんな人混みだ。財布をすられぬようポケットに手を入れたまま歩く。夜店で果物、雑貨、靴下、ピーナッツなどを商っている。

少し高級な店へ行こうということになり、タクシーを拾ったが、助手席に乗っていた少年がいきなりとびおりて車をおしはじめ、エンジンをかけた。やっと動きだしてからも今にも車体が分解しそうに震動する。タクシーはほとんど柿色に塗った箱型の旧式車なのだが、こんなひどい車に乗ったのはこのときだけであった。

「ハリウッド」というキャバレーへ行ったが、ここはエジプトの踊り、ジプシーの踊りなどのショーをやっている。しきりに腹、腰をくねらせてみせるが、それはくねらせたければ勝手にくねらせればいいので、別にどうという踊りではない。席に二人の女がきた。一人は東洋的な顔立ちでエジプトの踊りをやると言い、一人は父がギリシャ人とかでジプシーの唄をうたうという。二人とも酒が強くブランデーを水みたいに飲んでしまうので、私は少なからず幸福でなかった。更にコニャックを飲めば熱くなるなどと言うが、コニャックどころか氷水でもぶっかけてやりたいくらいである。

帰途、案内の若者に煙草だけ与えて別れ、まずまずであったと思っていたところ、翌日の夜もチーフ・オフィサーと同じ店へ行くと、昨夜の女がきてあんな男を連れてきてはいけないという。彼はちゃんと店と契約して上前をはねているのであった。

船長、調査官などはアラブ連合の役人とカイロへ行き、同行のラムジー氏も残念がっていたそうだが、病人が異国の病院で一人ぽっちでは心細かろうから私は残った。経過は順調で、隣りのベッドにはやはり、手術をしたエジプト人の老人がねており、そこにつきそっている黒衣姿の母娘が親切で、私にもネーブルなどをくれる。次ぎの日には夕刻までいると、断食時間がすぎ、隣りではいろんなものを卓にひろげて食べはじめた。彼らは一食しかしないので、驚くほど羊肉、野菜、平たいパン、果物をつめこむ。私にもしきりに食えとすすめ、どうせあまりうまくないだろうと少しとると、遠慮しているのだと思ってむりやりにすすめる。役人に招待された料理より美味であった。波止場をうろつくポン引きなどと違い、みんな善良な人たちで、私たちの病人の世話もしてくれ、私はあとで船長からハンニャの面を貰ってこの娘に贈った。ただし急いで小脇にかかえて持ってきたので鼻がかけてしまった。

合間を見て私は病院の付近を見物してまわった。大通りは立派だが、裏手へ行くと実に雑然とした異様な雰囲気である。私は先天的にこのような雑然さが好きなので、迷路のように小路が折れ、道端に用もなく椅子をだして坐っている白髪の汚ない老人の姿がふえればふえるほど心がときめいた。ここはヤコブがエジプトに麦を買いにきたときすでに繁栄していた古い都である。はだしの子供が走り、長い裾《すそ》をひく白衣をまとった黒褐色の肌の男がうずくまり、かしましく野菜を商っているこのごみごみした小路の中をどこまでも奥ふかくはいって行けば、そのまま自分が無数の彼らの一人になり地上から消え失せてしまうような気さえしている。

建物の壁は剝げ、路上は挨にみちている。バナナ、オレンジをうず高く積みあげている。鉄板の上に油をひき、例の平たいパンを焼いている。傾いた店の前に机をだして、茶を飲みながら将棋をやっている連中がいる。貧しいところは徹底的に貧しい。野菜市がつづき、そして急に電車通りにでると、沢山の馬車が並び、二階建ての青色の電車が走っており、さきほどのアラビアン・ナイト的な幻想は消えてしまった。

病院付近の庭などにごろごろころがっている乞食風の男がよく目につく。夏眠をしているみたいに仮死のごとく動かない。乞食だけでなく、タクシーの運ちゃんや馬車の御者も、そこらの芝生の上で勝手に寝そべっている。日がカンカン照りつける下で平気で眠っている。ここの三月の気候は、夜は背広を着てちょうどいいが、昼間はやはりYシャツ一枚でないと汗が滴るほどの暑さなのである。

しかし、こうした乾ききった大地は、スカラベの活躍する舞台としてはふさわしいのだろう。スカラベとはファーブルの昆虫記でおなじみの玉押しコガネの属名で、この類は獣糞《じゅうふん》を食し、雌は糞を丸めて玉となし、土中に埋めて卵を産みつける。この地の博物館に行くと、石のスカラベが沢山飾ってあるが、古代のエジプトではこれを首飾りにしたりミイラに供えたりしたものらしい。この類は腐肉にも集まるから、それを見た古代の人々は死者が変身してこの虫となったと考えたのだろう。従って汚ない虫もエジプトでは神聖なものとなっている。

S氏の車でドライヴをすると、海岸を走るドライヴウエイは美しく、海の青さが目に沁みるようだ。昔の王宮とかスポーツセンターなどは豪奢《ごうしゃ》なもので、裏町の貧しさと際立った対照をなしている。海岸には射撃クラブとかしゃれたレストランの建物があり、以前は英仏人が出入していたものだが、現在は新興のアラブ役人階級がそれに代っているらしい。一夜、この射撃クラブでアラブ連合側のレセプションがあった。照洋丸が地中海と紅海の漁業調査をやることになったためで、世話係のラムジー氏はノイローゼも忘れて席から席へ忙しくとびまわり、バンドは「我は海の子」などの日本の曲を奏した。

照洋丸はアレキサンドリアでエジプトの魚類学者四人、連絡係のラムジー氏、日本大使館のI氏などを乗せ、地中海を少し引返してビームトロール漁をやり、ポート・サイドに戻るまで八日ほどかかる予定なので、無理にここで病人を乗せるよりその間に退院できるから、ポート・サイドで乗船させることにした。

ところが、アラブ連合の農林大臣が乗船するとかしないとかで、出航予定が少しもはっきりしない。結局、船を見にきてから乗るか乗らないか決めるという。大体大臣なぞが乗ったとて仕事の上になんの益もなく、どうせ人気とりで、あまつさえ船を見てから決めるなどとは無礼千万である。私は病人のことが片づいて安堵していたときのこととて、忽ちムラムラと怒りだした。

「ようしその野郎、万一乗船してもどうせ船酔いでのびちまうだろうが、そのうえワガママをぬかすようなら、強力下剤をシコタマお見舞してやるから！」と私は怒鳴ったが、幸い大臣は大勢部下を引連れて見学にきて、予想外に船が小さいのにたまげたらしく、すぐさま乗船を中止してしまった。なにしろ照洋丸は、海上をひとり走っているときはなかなか堂々としているが、港について一万トン級の船の間にはさまってしまうと、それこそ多《た》寡《か》の知れたボートくらいにしか見えないのである。

しかし、大臣こそ乗らなかったものの、愛すべきラムジー氏は一人で数人ぶんの船酔いをやらかしてみせた。

地中海は往きとちがって快い明るい青をたたえていたが、ややうねりがあり、嬉々として乗りこんでいたラムジー氏はたちまちにしてのびてしまった。寝棚に横たわってフィアンセの写真など見せていたうちはまだよかったが、そのうち薬も吐いてしまう、食事はもとよりとれず、紅海へ行くのはマッピラ、ここから泳いで帰れないものか、などと言いだす始末である。夜になるとついに「私はもう死ぬ」とうめきだし、おまけに大使館のＩ氏がまたノイローゼ気味で、「ラムジーの顔色が紫色になった。大丈夫ですか？」とそのたびに駆けこんでくるので、私は往生した。凪になるとラムジー氏は元気をとりもどし、デッキに出て嬉々として写真などとっているが、またちょっと揺れてくると信じがたいほど速やかにのびた。結局ほとんど注射でもたしたようなものである。ポート・サイドに着くと、ホウホウの態で下船してしまった。

海には数々の魔物が棲む

ポート・サイドに近づくと、海上にいきなり街の建物が見えはじめる。陸ではなく、海上に建物だけがびっしりと浮かんでいるようだ。

再び物売りがかしましい。この前の日本語のうまい若者もいる。「ドコノ金モアリマス」という爺さんの古びた財布を見ると、それこそ世界各国の紙幣でぶ厚くふくらんでいる。

アレキサンドリアの病院を退院してきた甲板次長も無事にたどりついたので、さすがにホッとした。ここまでくる汽車は埃だらけの上にガタガタでかなり参ったという。すでに抜糸もすませてあるから大丈夫だろうと思ったが、包帯交換のとき傷口を見るとかなりふくれている。その後も腫れがひかないのでちょっと破ってみたところ、やはり下が化膿していた。結局また少し切開して排膿《はいのう》したりして、傷口が治りきるまでには二週間くらいを要した。

ポート・サイドの街は今度も二三時間ぶらついただけである。桟橋をあがると検問所でポケットを上から触ってみたりする。ここではカラスミが名物だそうで、台湾のものよりずっと柔かそうな飴色のカラスミを沢山ぶらさげて売っている。ときどき「コンバンハ」などという日本語を耳にする。

翌朝十時半出港、スエズ運河に入る。あやしい色合の雲がたれこめ、雨がぱらつくかと思うと、また急に日が照りだし、サウディアラビア側の単調な砂漠がいやがうえにも黄白色に乾燥してつづく。午後この殺風景な砂漠に接岸して停泊、そのままずっと船団待ちになる。

夜、月光皓々と照り、静かなくろい運河にさざ波が光った。かなり涼しく、セーターを着こんでも外にでると寒いくらいだ。やはり砂漠も夜には冷えるのであろう。

それがスエズ海湾をすぎ、紅海にでると急速に暑くなってきた。やがて南十字星が、今度は日が昏れるとすぐ南の水平線に淡くかかるようになってくる。

紅海では六回延縄漁をやったが、これがまた不漁で、せっかくサメのために用意した砂糖水もついに役立てずに終ってしまった。甲板にでて待っていてもいっかな獲物がなく、面倒くさくなって船室にひっこむとその間にサメがかかったりするのである。一度は見事なトラザメを釣ったが、私が駆けつけたときにはすでに頭をたちきられ、腹から巨大な肝臓がはみだしていた。

ところで、サメは人間にとってどのくらい危険なものであろうか。多くの小説、漁夫たちの物語は、それが凶悪無比のものであり、サメのいる海に落ちたら最後、寸時にして人間はバラバラにされてしまうことを伝えている。しかしアクアラングの進歩により多くの海底探検が行なわれ、予想外にこの残忍な海のギャングが臆病であることがわかってきた。『沈黙の世界』のクストーも、「彼等はあまりに臆病で、写真をとられるときとても静かにしていられない」ことを述べている。また人間にまったく無関心のサメもあり、普通サメを撃退するときに用いる荒々しい身ぶり、大きな声、排気の泡、醋酸銅《さくさんどう》の薬剤などにちっとも反応しないことも書いている。彼は瀕死のイルカを使って実験してみたが、まわりをとりまいたこの伝説の殺戮者たちは臆病にもなかなか攻撃しようとはしなかった。その代りイルカが死んでいったんサメがとびかかりだすと、ぶつかったり嚙みとったりするようには見えず、彼らは固いイルカの肉を柔かなバターをスプーンで掬《すく》うように攫《さら》っていったそうである。サメの生命力は強靱で、少々突いたり切り裂いたくらいではビクともせず、従っていざというときもナイフなどは無益で、それより尖端に釘をうえた長い棒でサメの近づくのを避けるのが一番安全だという。もっともクストーたちは、紅海で百回にわたる潜水中もこのサメ追棒を使う機会は一ぺんもなかった。

『青い大陸』の著者たちも似たような経験を述べている。人食鮫として定評のあるアオザメ、トラザメなどもアクアラングをつけて面と向かえば近よるのに骨を折るそうだが、紅海のような内海のサメよりも外海のサメのほうが危険らしいことも述べている。普通游泳者がやられるのは、水面でバシャバシャやっている人間は、サメには瀕死の魚とでも映るらしい。海底でダイナマイトを爆発させ死んだ小魚に集まってくるサメを撮影しようとした探検隊の一人は、その妻が船から先にとびこもうとすると慌ててとめた。「お前がとびこめばサメが逃げちまうじゃないか」

サメは小魚が死ぬと電光のごとくどこからか集まってくる。血の匂いというより、魚の発する一種の叫びを感じとるらしい。だから豪州近海で真珠貝を採る潜水夫たちは、生きた小魚をもった見張りを一人つけておくそうだ。サメが現われると小魚を殺し、サメをそっちに集めてしまう。むしろエイのほうを潜水夫は怖れるもので、巨大なイトマキエイが空気管にでもぶつかろうものなら大変だから、慌てて浮上しようとして潜水病にやられるという話を聞いた。しかしエイは決して人間を襲わず、プランクトンを食べている彼らの口には歯すらない。

更に海中で危険視されているものに、タコ、ウツボ、カマスなどがあるが、いずれも人間を向こうから襲うことはない。ただウツボはとびぬけて鋭い歯をしているから、それのひそんでいる洞穴《どうけつ》に手を入れたりすれば論外である。タコに至っては、これまた沈没船などの物語には必ず突拍子もない大ダコが登場してくる。十八世紀のデンマークの司教エリク・ポントピダンはタコについてもっとも途方もないことを書いた男で、曰く、「浮島はみんな大蛸である」更にヴィクトル・ユーゴーはタコの恐怖をかきたてた第一人者であり、「虎はただ嚙みつくだけであるが、この怪物は君を丸呑《まるのみ》にする。君を引寄せて体の中にしめこむので、どうにも動きがとれず、ついにはおそろしい嚢《ふくろ》の中に身体ごとすっぽり呑みこまれてしまう。生きながら食われるということでさえ恐怖以上のものであるのに、こんなふうに生きながら呑まれることがどんなものかはとても筆舌につくしがたい」などと書くので、我々は魚屋に並んでいる小ダコの前さえ大急ぎで走りぬけなければならない。ドッド・オズボーンは現代にはもったいない天性の冒険家であるが、その著書のサメ、エイ、カマスなどに関する記述はあきらかに大仰だ。タコのことはどうか。「夢中で海底からカキをはがしている潜水夫は知らぬ間にタコに近づく。すると蛇のような脚がさっと彼の腕にからみついてくる。二列に並んだ吸盤がまるでバケモノの蛭《ひる》みたいに人間の身体にぴったりと吸いつく。潜水夫は自由な手に握ったナイフで切りはらう。青みをおびたうす汚ない汁が切りとられた脚からしみだすだけで、赤い血もでない。次ぎから次ぎと、くねくねした脚が潜水夫に吸盤を吸いつかせる。かくして、うむを言わせず、肉をひきさく曲った嘴の、カッと開いた口先へと、徐々に彼をひきよせるのだ。彼は怪物の小さな冷やかな目に見入る。それから、真黒な液汁がこの光景を隠してしまう」深い海中に巨大なタコ、イカが棲むことは事実だが、これでは我々はオデンにされたタコを見てさえ身の毛をよだたせねばならない。

アクアラングをつけて潜水する場合、現実に危険なのは、普通のウニの棘《とげ》や、穴に住んでいるアザミみたいな棘皮《きょくひ》動物だとクストーは書いている。それからカツオノエボシなどの有毒クラゲ、また火焔《かえん》サンゴと海毒ツタも二三日もつづく火傷のような痛みを人に与えるそうだ。

操業は不漁で面白いこともなかったが、ある夜漂泊しているとき、投光器の光に二百匹ほどのハリセンボンの群が集まってきた。これは棘のあるフグみたいな奴で、網ですくいあげると忽ちボール玉のごとくふくれあがり、棒で力まかせに叩いても破裂もせずに跳ねかえってくる。船員たちがひとしきり遊んで甲板から引きあげてしまったあと、私は一人残って、もっとハリセンボンをすくってやろうと努力した。しかし、さきほどはいくらでもすくえたのに、もう警戒してしまってなかなか近づいてこない。暗い波間にほの白く幾十という群が浮き沈みしているが、網を入れるとすぐに遠のいてしまう。ついに私はカンシャクを起してやたらと波間をかきまわしたら、一匹のアワテモノが海上でふくれあがり、そのままピンポン玉のように波間を漂いだした。

べつの夜、やはり漂泊しているとき、かなりのローリングが始まった。船が走っているときの横揺れとまた感じがちがう。ついにラジオまで転落しだしたので、心配になってブリッジに行ってみた。風が強まり、マストの架線がびゅんびゅん音を立てている。巨大なうねりが真横からおしよせ、海は完全に斜めになり、船を斜めにしたまま持ちあげる。当直のファースト・オフィサーがときどき懐中電灯をつけて横揺れをはかる振子を眺めている。三十度は楽にすぎ、一度は三十七度まで行ったとのこと。しかし同行のエジプトの魚類学者たちはいずれも船に慣れた人たちで、ラムジー氏のごとく世話をやかせる者は一人もいない。一番年配のゴーハル教授も自分で持参したリュウマチの薬を私に注射させてはいたが、最後まですこぶる元気であった。

クゼールという小さな港まで引返して彼らをおろすことになったが、陸路をやってくる筈のラムジー氏、I氏などの一行がなかなか来ず、上陸の許可もおりない。結局二百メートルくらい沖に停泊したままぼんやりと刻をすごす。双眼鏡で覗くと、くずれかかった城壁のようなものが見える。建物はすべて古びて、石というより粘土の塊りのように見える。浜辺には小船がいくつか、アラビア風に頭に白布をまいた男が数人そこらをぶらついている。

あまり退屈なので、私は海で泳ぐことにした。以前から私はこの船に一つあるアクアラングで潜水したいという希望を述べていたが、船の者はいずれも反対し、チーフ・オフィサーは「ドクターの生命にはわれわれ責任があるのですからね、一札《いっさつ》入れて貰わなくては」などと言うので、私は早速請願書というものを書いて船長に呈出した。「私こと未だ妻子もおりませず、たとえサメに食いちぎられて一命を落すようなことがありましても、喝采こそすれ泣き悲しむヤカラなどこれなく……」この請願書が利いて船長はアクアラングの使用を許したけれど、これを使う機会がない。ここらで潜るから船を停めろとは私の身分では言えないのである。私は先に潜水の歴史について少し書いておいたが、歴史に伝えられる最も古い潜水者は実に紀元前三二〇年のアレキサンダー大王である。彼は魚を見るために水中にもぐり、水面に樽をうかべ、牛皮の空気管で空気を送った由だが、あまり当てにはならぬ。私はクゼールで停泊中によほど潜ろうかと考えたが、やはりまだ水は冷たそうである。次ぎのコロンボの港の中で実行しようと予定していたところ、港に着けばやはり陸上の方が面白そうで、おまけに港の海はどろりと濁っており、ついにやらずにしまった。しかし今になってみれば、多少無理をしてでも潜っておくのだったと悔まれてならぬ。思えばあの頃は私はまだ元気であった。いまや私は心身ともにまったく衰え、海に潜ることはおろか、風呂にはいっても溺れる危険があるので、わざわざウキブクロを持って風呂にはいらなければならない。

　ともあれ、このとき私は紅海で泳いだことは泳いだのである。私は毫《ごう》もサメなんぞ怖れはしなかったけれど、そこは科学者の常として甲板にずらりと見張りを立て、パンツ一枚になって舷側から海中にすべりこんだ。それから船の横腹にそって泳いだが、上から見ると波ひとつないような海でも、さすがにうねりがあり、懸命に水をかいてもいくらも進まぬ。甲板からはしきりに「それ、サメだあ」などと叫ぶ。私はそんな言葉にはツユほどの衝撃を覚えなかったけれど、そこは真理探究者の常として、十秒おきに首を突っこんでは海中を見まわした。残念なことにサメなんかはこず、遥かむこうに小魚が泳いでいるきりである。なによりも寒くて、私はそこそこに甲板に這いあがり、あまり物足りないので、「大海蛇《おおうみへび》がいた」とホラを吹いたが、おどろいたことに誰一人信じようとはしなかった。ただ紅海の海の水がいかにもカラいものであることが判ったのが唯一の収穫と言える。

　夜、まだラムジー氏たちは到着せず、出発もいつになるかわからぬので、私はピストルを持ってコステロ氏とチーフ・オフィサーの船室に侵入し、主のいないベッドの上めがけてハンブルクじこみの催涙ガス弾十発を乱射した。これで彼が寝にくれば悶絶するだろうとほくそ笑んでいたところ、船室には換気装置がついているため、この毒ガスが船じゅうにまわってしまった。薄まっているので大したことはないが、それでも目がチクチクする。さすがに私は狼狽し、船底の大部屋へ逃げこんで何食わぬ顔で将棋をさしていた。一人甲板員に将棋の強い男がいて、初段と称する私を苦もなく打敗かすのである。

そのうち、若い甲板員に敏感な男がいて、

「ドクター、目が痛くないですか。目が痛いって言ってる連中が何人かいますよ。食中毒じゃないかなあ」

一方、やはりどこにも鈍感な男はいて、

「バカだなあ。お前、そりゃノイローゼだよ」

「そうだ、ノイローゼだ。大丈夫、大丈夫」と私は言った。

本の話から船乗りのこと

イタリアの港を出たころから、船員の間に不眠症が目立ってきた。誰もがもう一刻も早く日本に戻りたいらしく「ドクター、早く帰りたいねえ」と話しかけることもしばしばだったが、私は一向に帰りたくなく、サード・オフィサーと二人で船を奪って逃げる計画なんぞばかり立てていた。彼によると、四五人同志がいればこの船を動かせるそうで、船を売りはらうのは南米が一番いいだろうとのことである。

しかしひとたびスエズ運河を抜けてしまうと、私も急速に帰国したくなってきた。欧州は急に遠ざかった感じで、わずかながら見るものは見たし、このうえはいったん日本へ帰ってパチンコでもやるかという心境である。

クゼールを発った翌日、暦《こよみ》は四月となり、日本を出てからすでに四カ月半が経過しているわけである。そのころから、さすがに肉体の疲労、気分のいらだちを私は感じはじめた。やはり軽い神経衰弱状態を呈しているのであろう。船は前方よりの風をうけてピッチングをくりかえし、遅々として進まない。私は頻々と操舵室に現われては速度計を覗き、「なんだ、七ノットしか出ていないのか」などとブツブツ言い、あるときは自分で舵をとらせてもらった。もちろん本当はこんな広い海では自動操縦で操舵手なんか不要なのである。そばにチーフ・オフィサーがついていたが、その喧《やか》ましいこと限りがない。「ほらほら、一体どっちへ行ってますか。ほらほら、今度はきりすぎた。ダメですなあ。そらそらもっと回して。なんですか、それは。逆です、反対です、それは」

　まるきり小言幸兵衛《こごとこうべえ》である。当直交替のセカンド・オフィサーも現われ、「どうも船がへんな動き方してると思ったら、なんだ、ドクターか」などと言うので、私は腹を立て、次ぎの入港のときには私に操舵をまかせるよう船長に請願書を書こうと思ったが、また船長が熱をだして船火事でも起すと困るからまあやめておいた。

　ファースト・エンジニアが船中でヤツガシラと思われる茶褐色の鳥を捕えた。どうもクゼールあたりで船にとびこんできたものらしい。クゼールでは二百メートルほど沖に停泊していただけだったが、それでも小さなテントウ虫の一種が何匹か船中にはいっていた。ところでこの鳥だが、餌に何をやっていいのかわからない。いろんなものを与えても知らん顔をしている。私は長いキツツキみたいな嘴の構造から、おそらく地虫みたいなものを食べるのだろうと意見を出したが、そんなものは船中では手にはいらない。とうとうエンジニアはねり餌にいろんな薬品をまぜて口中に突っこみはじめた。カルシウムをまぜ、各種のヴィタミンをまぜたのはいいが、おそらくあんまり入れすぎて、気の毒にもこの鳥は五日たらずで息をひきとってしまった。遺骸は水葬にふした。アラビア海の濃い藍色の波が、小さく丸まった茶色の羽毛のかたまりをどこかへ運んで行った。

夕食のあとも、サロンに残って無駄話をくりかえす。バーナード・ショーは、自分の伯父が頭を手提げカバンの中に突っこんでそれを閉めて自殺した話をしてきかせるのが得意だったそうであるが、船長の得意なのはヨジノボル話である。エジプトの物売りなんかよりコロンボ、バンコックの物売りのほうがひどい。船から追出してすっかりハッチを閉めてしまうと、今度は縄梯子をかけて船窓までよじのぼってくる。更に水産学校の某教授はたいそうな授業熱心で、教室の戸をあければ本が落ちる仕掛をしておいても、平気で本を頭にのせたままはいってくる。ドアを開かないようにしておくと回転窓からよじのぼってくる。どこもかしこも開かないようにしておくと、今度は外側から二階の窓まで三十分くらいかかってよじのぼってくる云々。

調査官のY氏によると、水産庁にはいろんな人物が現われるそうだ。週刊誌などで女長《なが》政《まさ》と呼ばれて評判になった女傑《じょけつ》も、造船会社の船を借りてシンガポールで底曳《そこび》き漁を始めたが結局失敗し、道路で寝たりして苦労をしたようだ。また六十トンの木造船二隻でブラジルへ進出しようとした一行も、百二日かかってパナマ運河をこえ南米へ着くと、ちょうどペロン大統領が失脚して操業の許可がおりず、半数はむこうの港でチリヂリになったという。そうかと思うと、ロッカーのかげから実にむさくるしい男が顔をだし、そちらを見ると慌てて顔をひっこめる。ようやく呼びこんで話を聞いてみると、実は自分は戦争中インドネシアにいたが、あそこの海はたいへん魚が豊富だ、援助をしてくれるならひとつあそこで漁をやってみたい、などと急に熱弁をふるいだしたりするそうである。

インド洋に出たならば少しは書きものでもしようと前々から私は考えていたが、さてノートなどひろげると頭は実に空虚である。身体はけだるく、食欲はさっぱりなく、やはり疲労が積み重なっているようだ。往路この辺を通ったときに比べて、帰りは海の広さまで二倍にも感じられてくる。時間のたつのはそれほど遅くもなく、惰性的に日が過ぎてゆくのだが、頭は半ば麻痺して日ごとに鈍磨してゆくようだ。私は二三日机の上にノートをひろげてみたものの、ついに諦らめ、それならひとつ絵でも描いてやるかと、沢山あるスケッチブックをはじめてとりだしてみたが、これも豚の顔をひとつ描いたらそれ以上の気力がなくなった。

それではせめて読書でもしようと思うのだが、ぶ厚いヤスパースなどは表紙を見ただけで寒気がしてくる。しからばと、もっと易しい本をとりだして読もうと試みるのだが、摩訶不思議にもどうしても読めない。結局パリでTにもらったボスクの『ホモ・サピエンス』という漫画本が唯一の慰めとなった。これには文字なんぞないから、いつまでも見ていられるのである。

しかし同じ漫画を永久に眺めているわけにもいかないから、私は船の中を駆けめぐり、あちこちからできるだけくだらぬ本を集めてきた。本当は私は独自の読書法をとるため他人から本を借りるのは好まぬし、ましてや貸すのはコンリンザイ御免である。貸すくらいなら呉《く》れてやったほうがまだしもマシだ。なんとなれば本というものは、呉れてやればその人のところにいつまでも存在していることが多いが、これが貸したとなると、面妖なことに大抵いつの間にか消滅してしまうものなのである。

本を丁寧にあつかう人がおり、日に三べん羽ボウキで塵をはらい、絶対にひらいては見ず、ガラス戸のある本箱におさめ、きちんと錠《じょう》をかけ、それでも足りずに南京錠をかけ、さてうやうやしく遠くから背の文字などを望遠鏡で見ている。こういう礼儀作法は私のあずかり知らぬところである。珍貴本を愛蔵するのは勝手だが、書物というものは元来が読むようにできており、夜は同衾《どうきん》して撫でさすってやったとて別に本が嬉しがるというわけのものではない。

そこへゆくと、ダーウィンなどは毫も書物を大事にしなかった。彼は重い本などは持ちやすいように半分に割ってしまい、また本を置く場所を節約するため大事なページだけをとって、あとはみんな捨て去ってしまった。いくつかの病名にその名を残している神経学の泰斗《たいと》ジャクソンも似たようなことをしている。彼は友人などに必要な個所を切りぬいて送ってしまうので、その蔵書には満足な本はほとんど一冊もなかった。彼は本屋で書物を買うと、その場でたちどころに表紙をひきはがし、ついでバリバリと頁を二分して半分を一方のポケットへ、残りの半分をもう一方のポケットにねじこんだという。

私は本を手に入れたときは、外箱などあれば必ず取って捨て去ることにしている。外箱があるとそれだけ本を開くのに時間がかかるし、なかには随分ときつい箱があって本をひきだすだけで腹がへってしまうからである。たとえいかに見事な外箱であっても、未練が残らぬようメチャメチャに踏みつぶし、火をつけて燃してしまうべきである。表紙にセロファン紙などかぶせてあれば、これもズタズタに引裂いて紙屑籠にほうりこまねばならない。こんなものがついていると、手がすべったり、おまけにイヤらしい音をたてたりして身の毛がよだつ。次ぎに巻頭に著者の写真などあれば、はてこの著者は女のような名前であるが男性であったのかなどと迷うのはまだいいとして、はたしてこの著者は人類に属するのであろうかなどと深刻に思い悩まねばならぬこともあるから、これもすぐさま引裂いて土を掘って埋めてしまう。次ぎに新しい本であるなら、あちこちをモミクシャにしたり、シミをつけたりしなくてはならぬ。あまり真白な紙は光を全反射させて目にわるいし、副腎皮質ホルモンの分泌に混乱をまねくからである。なによりも本を汚すまい傷めまいという余計な緊張がはなはだ宜しくない。

もっとも他人《ひと》はひと、自分は自分であるから、私はこのとき借りてきた本をいちいちローソクでいぶしたり鼻毛を植えこんだりはしなかった。私はこのとき幾冊かの探偵小説などをよんだが、これは人を殺したりしてなかなか面白いものである。私はしばらくの間寝ても覚めても殺人の方法を考案したが、ここでそれを発表すると、この世には本当に人を殺してしまう人物がいるので見合せることにする。また私は世界各国の女の子がハダカで写っている写真集なども見たが、彼女らは男のあばら骨から造られたにしてはなかなかふっくらとして、いかにも脂肪が多そうだ。事実、医学生の解剖実習の際、女の死体を割りあてられると、男の屍体よりも脂肪をとりのぞくのに三日余計かかる。従って生きた彼女らに海水着を買ってやるのはいいが、毛皮のオーバーなどを買ってやるのはてんでムダなことである。

ちょっとこんなことを書くと陸の人々はすぐ船員と女という概念を連想するようなのだが、ここで少しく彼らに代って弁じておこう。大体がどこにもスキモノはいるのであって、そういう者は陸にいようが土中にもぐろうが、やはり同じことにちがいない。大多数の船員は陸の人間が想像するのよりはるかにまじめなのである。二三の船員の言葉を記しておこう。

「むしろ港にそれをあてこんだ女がいることが大きいのじゃないですか。船員は海の上で空想的に女を思うから、陸の男とちがってどれでもよいということは言えるかも知れません。性欲といっても半ば空想的なもので、肉体的なものがすべてじゃない。肉体的にはむしろ弱まる場合もありますね」

「家庭的なものを一番求めますね。家庭的な雰囲気を求めて、知合になった家にせっせと外国のミヤゲ物を運んだりしますよ」

「海員ホームに女がいて、言葉を交せるだけの憩いでも求められれば、性を求めるなんてことはずっと少なくなるでしょう」

むしろ船員の生活は、派手なものでなく地味であわれなことが多い。船によってはほんの荷おろしに港に寄って、家へ帰る閑もなくそのまま出港してしまうのが普通である。寄航の予定地がわかると、手紙をだして女房子供をそこへ呼び寄せる。

「紀州なんかで汽車に乗ってると、あれは船員の家族だなってことがすぐわかるよ。母親が子供にむかって、父ちゃんに会ったらああ言えこう言えなんて教えていてね」

幼い子供はもう父親の顔を忘れているのである。そういう夫からの便りには、はじめての地に旅をする妻へ、乗りかえのことから港についたときの行動を克明に指示し、気のあらい土地だからなにかあったら交番へ行け、などと書いてある。

ましてやわが国の漁夫は世界一勇敢で、というより生活のために致し方なく、途方もない小舟で遠洋に乗りだすのだから、海難事故の絶え間がない。少し古い話になるが大正十五年の末、銚子沖でマグロ漁をやっていた漁船良栄丸は折からの大西風に吹きながされ、機関に故障を起し、そのまま太平洋を漂流して、翌年の十月米国のシアトル湾に全員白骨となって流れついた。最後まで生き残ったと推定される船長が鉛筆でしたためた遺書はあわれをさそう。

娘には「トッタンハカヘレナクナリマシタ、ナサケナイ、オマヘハコレカラカシコクナリテ、コウコウモシタリ……」

息子には「トッタンノイフコトヲキキナサレ、オキクナリテモリョウシハデキマセン、カシコクナリテクレ」

妻には「サテワタクシコトハシアワセノワルイコトデス、二人ノコドモタノミマス、カナラズリョウシダケハサセヌヨウタノミマス、イツマデカイテモオナシコト、ワタシスキナノハ、サウメンニモチデシタガ……」

わが国は海にかこまれた島国であるのに、海に生きている人々をのぞいて、海に対する関心はおどろくほど希薄である。

海だって？　と私たちは言う。そりゃ海は青いさ。海水浴はいいな。クロンボ大会で西瓜が貰えるし、おまけにカーニバル大会でハダカの女の子がウントコショ見られるぜ。

コロンボのカレー料理

四月十二日朝、前方に平たく蒼ぐろくセイロンの陸地が見える。コロンボの港外に着くまでしばしばイルカの群が跳ね、原住民のカヌーがうねりの中に見え隠れする。三人の漕手が交互に櫂をふりまわしているがなかなか進まない。

岸壁につくと、白い着物をぞろりと着た者、白シャツや原色のシャツに腰巻きを短くまくりあげた連中が集まってくる。兵隊はカーキ色のヘルメットにズボンだ。概してこの地にはシンガポールで見たような立派な顔立ちのインド人は少ない。もっともインドには実に多数の種族がいるらしい。私がシンガポールで見た美少女もインド人だと言っていた。

私はパリやミラノでなかなか美しい女を見たけれど、今度の旅行を通じて最も印象に残ったのはこのときの少女かも知れぬ。シンガポールにはワコウの支店があり、彼女はそこの売り子で、私がはいってゆくと、彼女はこの世のものならずうるおった大きな瞳でこちらを見つめた。私はすんでのところでバッタリ倒れてしまうところであったが、気丈にも倒れず、店内の一隅に店をだしている金の交換屋の男に、あれは何国人であるかをひそかに問うた。その少女はあまり黄がからない琥珀《こはく》のような肌をもっていたが、インド人との返事で、北方のインド人は色が白いそうだがやはり混血であろう。彼女は実に物問いたげな瞳で人を見つめるもので私は倒れそうになったのだが、よく見ていると、店にはいってくる客にはみんな同じような目つきをしており、早まって倒れてしまわなくてよかった。(追記。これは同名だがワコウの支店ではない由である。ひょっとしたらワコウから何か贈ってこないものかとわざわざ店名まで書いたのに、損をしてしまった)

コロンボにはAからハガキがきていて、見ると香港からのものであった。彼は筆圧計といって筆跡から性格なぞを鑑定する機械をつくりあげたのだが、東南アジアに販路をつくるため出てきたのだという。機械をこしらえたりセールスマンになったり御苦労なことだが、ハガキにはうまくするとコロンボで会えそうだと書いてある。もしAと会えるとなると少なからず面白いことになりそうなので待っていたが遂に現われなかった。そのほかこの港では日本の漁船が残していった二人の病人を乗船させることになったので、私は上陸もせずに待っていたがいっかな病人はこず、午後おそくなってから一人で街の方へ行ってみた。

日曜なので大抵の店は閉まっており、人通りも少ない。公園の木かげの芝生には数人の男たちが昼寝をしていた。カラスが多く、幾羽も路上におりたってゴミをあさっている。

木立からも彼らの群がった啼声《なきごえ》がひびいてくる。

通りをぶらついていると、一人の若者が話しかけてき、日本船できたのか、あなたの船の船長がいま店にいる、という。船長は上陸してはいない筈だが、他の日本船かも知れないので、とにかく尾《つ》いていってみることにした。すると彼は一軒の小汚ない宝石屋へ私を連れていった。むろん船長などはいない。宝石というものはなかなか美麗なものではあるが、私の記憶の中では怪人二十面相、黄金仮面などと常に結びついているので、私は店に入らず、ふりきってどんどん帰ってきてしまった。若者は追いかけてきて、今度は、ガール・フレンドがほしくないか、あそこの公園で待っていれば英国の女でもインドの女でも連れていってやる、などと言ったが、むろんのこと私は一顧も与えなかった。

夜、ニホンホテルへ行って、ベックとかサン・パウリ・ガールなどという懐しい名のドイツビールを飲んだ。ここの主人の妻が日本人で、ロビーには夫妻の写真がかかっている。そのうちにサード・オフィサーとコステロ氏来たり、三人で夜の街へ出る。ここも彼らには曽遊《そうゆう》の地であり、「スポーティング・クラブ」という賭博場へ行った。板造りの粗末な小屋で、簡単なオイチョカブのようなトランプの賭からビンゴなどの賭事をやっている。

私はルーレット式のトランプの賭をやった。これは大きな紙に、ハートの一から五までとか、クラブのキングとか沢山の仕切りが区切ってあり、そこに金を賭けてその札が出れば何倍かになって返ってくるのである。カードをぬく係りは、木箱にぎっしりはいっているカードを一枚ずつ抜いてめくってゆく。

「一枚目のカード。さあ、賭ける者はないか。二枚目のカード。さあ、もっと賭ける者はないか」と英語でみんなをうながし、おもむろに三枚目のカードを開く。

私はしばらく様子を窺ってから、徹底的にブラックとレッドの仕切りだけに賭けた。これは確率は五割だが、当っても二倍にしかならぬ。しかし眺めているとジョオカーに一ルピー（約七十六円）賭ける者が多く、これはもう何時間かジョオカーの札がでていないためで、このように統計をとってやっている人々にまじって、いきなりむずかしい場所に賭けても勝てはしない。なるほどジョオカーは間もなく出た。私は黒赤一本やりにわずかな金を賭け、天来の直感力にモノを言わせて勝ちつづけた。レッドがもう四回もつづけて出、みんなはすべて次ぎはブラックに賭けるのを、私一人がレッドに賭けて勝ち、集金人をして「ラッキイ・カード」と叫ばしめたことが二回もある。もっともそうやって勝ったとてやはり二倍にしかならぬ。しかしさすがのサード・オフィサーも、「ドクター、ちょっとした度胸だね」と讃めた。讃められると、今度は私はスタンド・プレイを意識しはじめて見る見るすった。それでも帰るとき調べてみたら、ちゃんと十五ルピー儲けていた。私にまとまった金を持たしたら、あんな胴元などつぶしてしまう。

その夜は船のエンジンが止まり、船室に冷房がこないので額にべっとり汗が出、むし暑くて眠れなかった。

翌日はみんなと「ハーシム」という宝石屋を覗きに行った。ここは日本人の旅行者の寄る店で日本の宮様とか大臣の写真なんぞが飾ってあり、日本語が通ずる。絵ハガキとか紅茶、パイナップルの缶詰なども売っている。

それから一人で街へ出、タクシーを摑まえて動物園と命じた。かなり遠く、どのくらい遠いかわからないので途中ヒヤヒヤする。相当に大きな動物園でたっぷり夕方までかかって見物した。動物園というものは元来が大人が行くべきところで、パリのTの女房からの手紙をちょっと抜き書きしておく。

「この前の日曜には動物園に行きました。（リルケがよく散歩したとこで、その頃はトラがいたのに今はヒョウしかいない）一番面白いのはライオンの檻です。若い夫婦ライオンの隣りに、中年の文士風の風体のわるいのが一人もんで住んでいて、この文士と隣りの奥さんが恋仲らしく、旦那がヤキモチをやいて、じっと隣りとの境に坐りきりで、文士ライオンが近づくとウオッと吼える。奥さんは知らん顔で遠くにいる。文士ライオンが諦めて帰ってゆくと、今度は奥さんが旦那のそばにやってきて御機嫌をとる。そのくせ背中なんかなめられるとプッと向こうへ行ってしまいます。侯爵とか男爵とか貴族の位でわけてあるフクロウやミミズクがいましたが、みんな申しあわせたように小屋の戸口に立ってこっちを見ています。伯爵というのは大きすぎて、首から下だけしかその穴からは見えません」

ここの動物園には珍獣こそいないけれど、その数は相当のものだ。入口近くの樹にとまっている各種のインコはとても天然の色彩とは思えず、絵具の見本にやたらと各種の色を塗りたくったようだ。妙てけれんの手の長いいろんな猿がおり、つるされた自動車のタイヤを利用して大車輪を行なっているが、それを見ていると猿は人間が進化したものとしか思えなくなってくる。巨大な象が園内の道路を草の束を鼻で運んでいる。ここの人々は象なんか慣れているかと思うと、やはり象が地響を立てて近づいてくればアワを食って逃げる。小象のケガをした脚を、慣れた親象によりかからせて治療しているところも見た。片足のない老人が、柵の中の白牛に手をのばして首を撫でてやっている。実にいとおしそうにいつまでも撫でている。

黄色い衣をきて黒いコーモリ傘を持った坊さんが、サイのいる壕の前に立ってたまげたような顔をして眺めている。更にけばけばしい原色の衣をまとった婦人たちも多い。一人の少女が着ている服が輝くばかりにきらびやかなので、そばにいた父親らしいのに写真をとっていいかと手真似で許しを求めると、彼は大声で先に行った一族郎党を呼びあつめ、みんなしゃちほこばって直立不動の姿勢をとった。

疲れて、園内の店でビールを飲んだ。一ドル紙幣で払うといくらも釣銭がこない。ボーイに、ドルはいくらいくらの筈だというと、彼は両手首をあわせて手錠をかけられる真似をしてみせた。そのうちボーイは私の写真機を見、いくらだと訊く。ぜひ売ってくれと言う。もう一人年配のボーイも出てきて、しきりに交渉する。断わると、惜しそうに首をひねっていたが、今度は私の腕時計に目をつけ、いくらだと訊いた。シャクにさわったから本当の値段の十倍の数字を言ってやったら、相手はたまげたらしく沈黙した。

帰ろうとして入口まで出てくると、そこらにたむろしている連中がワッと寄ってきて、一人はタクシーの運ちゃんを呼び、一人は車のドアを開ける。乗りこむと我がちに手を差しだす。煙草を一本ずつやっても、あとからあとから手がでてきてキリがない。

夜、十一時に出港の予定だが、それまでは閑である。サード・オフィサー達は大使館のレセプションに行っており、この土地では夜一人で賭博場へ乗りこむ気もしないし金ももうあまりない。ただ本場のカレーだけは食べておこうと思って、ニホンホテルへ出かけた。「カリー」と頼むと「チキン？」と言うからうなずいて、さて運ばれてきた料理を見ると、皿の真中に鶏の腿肉がのり、それに赤っぽい汁がたっぷりかかっている。日本のカレーの概念より、完全にトウガラシの赤い色なのである。そのほか別皿にたっぷりボロボロした飯が盛ってある。なにほどのことやあらんと一口すってみて驚いた。舌が曲りそうなのである。

しかし私は生れつき辛いものが好きなので、このくらいなことで参るものかと、なお幾口か食べた。すると口中が火のごとく燃えてきた。私は天井までとびあがりたかったが、さあらぬ態で、ビールを命じ水の代りを命じた。それらを交互に飲むとやや落着いてきたので、更にカレーを口に運んだ。そのたびに口中はヨウコウロのごとくなり、天井までとびあがらぬため椅子にしがみつき、ビールと水でウガイをしては断末魔の吐息をついた。飯は単にボロボロしているだけで少しもうまくない。

色の黒い慇懃なボーイが寄ってきて、日本のことなどいろいろ訊いた。ここにわるい男もいて時計など奪うことがあるから気をつけろ、などと言った。私は彼の見ている手前、もう一口カレーを口に運び、腸から脳神経からたちきられる思いをした。

それから私はもう一本ドイツビールを頼み、これを少し飲むとおかしなことに吐気がしてきた。そういえばインド洋に出たころから理由もないのに一二回吐気を覚えたことがあったが、私はそれを水のせいにしていた。ハンブルクに着いたとき、欧州の水がわるいことは聞いていたから気をつけていたのに、うっかり船に戻って水をガブガブ飲んだらこれがハンブルクで積んだ水であった。このときも吐気がして、他にも似たような症状を訴える者が多いので、私は生水を飲まぬようにと掲示をだしたりした。そのときのは確かに水のせいだったと思うが、帰途インド洋に出てからの吐気は、今から思うとどうやらここ半年私を悩ませた潰瘍がすでに始まっていたためらしい。日本が近づくにつれて、私は寝る前にしばしば胃の下あたりに自発痛を覚えたのである。

　しかしこのときはそんなことは知らないから、私はちびちびとビールを飲んだ。そして残ったカレーにはもう完全にカブトをぬぎ、勘定を頼むと思ったより安かったので、私はあと一本ビールを紙に包ませ、それを持って船に戻った。

　船が港を出て、コロンボの青色の多い灯が水平線に一線になって遠のいたころ、私は急に常ならぬ空腹を覚え、炊事場へ行って冷蔵庫を捜した。当直員の夜食のニギリメシを二つばかり失敬して、ラッキョウと共にむさぼり食べた。やはり日本の米の味は、なんともいえずおいしかったものである。

帰ってきた燕とマンボウ

これでもう寄る港もないとなると、さすがに私は気力がなくなった。ますますナマケモノとなり、探偵小説はもう難かしくて読めず、ハダカの女の子の写真も単にサクバクたる眺めにすぎない。こうノッペラボウであるのより、やはりトサカがついていたり翅が生えていたりもっと節があったりしたほうが趣きがあると思う。

コロンボで乗船した二人の病人はいずれも盲腸で、とうに抜糸もすんでおり、一二回ガーゼをかえてやれば何もすることはない。それにしても悽じく長大な傷跡で、縫合の跡もすこぶる粗雑である。セイロン人の医師だそうで、こんな大きな跡をつけるのなら私にだって内臓全部をちょんぎることも可能であろう。それよりもこの船は官庁船であるから、航海が終れば、使用した薬から注射液からみんなキチンと数えて報告書を出さねばならぬ。そういうことに生来ズボラのうえに長い航海の影響かますます弛緩してしまった私は、一つの薬品について診療簿をくって数えてゆくのだが、途中でいつの間にか数がわからなくなってしまう。パリのサトリもどうやらインチキのものであったらしく、腹を立てる気力も起らない。ただイライラだけはする。これはいよいよ本物の神経スイジャクらしいぞ、と私は思い、このくらいの居住設備の船ではやはり一航海はせいぜい四カ月までがいいところだなどと考えたが、すぐに遠い昔の船乗りたちのことを思ってアワてて自分を叱った。

現在でも大変な苦労をして長い航海をする船乗りは沢山いる。また自ら危険を求めて変なことをしでかす冒険家もかなりいる。ベン・カーリンは水陸両用ジープで大西洋を渡り、クヌート・ハウクラント達は筏《いかだ》に乗ってペルーからポリネシアの島まで漂流した。しかし現代の冒険はそれがどんなに危険にみちたものであれ、行く先の見込みはついているのである。それに比べると古代の船乗り達の前途には迷信につつまれた暗黒だけがあった。

「鳥が一生のうちには翔《か》けぬけられない」その海の涯は断崖となり、水は底なしの淵に流れこんでいるのかも知れぬ。或いは太陽と鼻を突きあわせてヤケドをしたり、空に頭をぶつけてタンコブをつくるかも知れぬ。まして小さな船は風まかせの帆が頼りで、野菜がきれれば壊血病はほしいままに蔓延する。

紀元前六〇〇年頃、すでにフェニキヤ人達はアフリカ大陸を東から西へまわったりしていたらしいが、歴史に残る海洋開拓を目的とした最初の大航海者は紀元前三三〇年頃のアッシリヤのピテアスで、彼はイギリスからシェトランド諸島、更に北上して夜半に太陽の昇る国「チューレ」に達した。九世紀の末ノルウェーのオッタールはノース岬をまわり北極海に達した。これが中世の末になると、ツヴァイクがいみじくも「初めに調味料ありき」と語った動機から、コロンブス、バルトロミュー・ディアス、ヴァスコ・ダ・ガマ、ガボットなどの航海者が輩出したが、最大の業績はなんといってもマゼランの大航海に指を屈せねばならぬだろう。彼が一五一九年九月二十日、スペインのサン・ルカール港を発し、一五二一年三月二十八日、辛うじてたどりついたフィリッピンの小さな島マッサヴァ島で、彼の忠実なマレー人奴隷エンリケが思いがけなくも半裸体の島人の喋る言葉を理解したということ、つまり初めて一人の生きた人間が丸い地球をひとめぐりして自分の故郷の地帯に戻ってきたという事実こそ、やはり人類歴史における不滅の一瞬であったにちがいない。その後のマゼランの死、彼の部下たちによる世界一周の完成は単につけたしにすぎない。

この沈着果断の指導者マゼランは、どうやら偏執狂《パラノイヤ》じみた男であったようだ。古画を見ると、マゼラン海峡を通過しようとする彼らの船は、いろんな怪物の跋扈《ばっこ》する海を天使に守られながらしずしずと進んでいるが、事実は更に更に陰惨なものであったにちがいない。もし私が船医であれ一番下っ端のコックであれこの船に乗りくんでいたとしたら、かならずや「あの船長はネーンゲン的でねえや」と言ってホウチョウなどふりまわし、反乱を企らんだに相違ない。そして北海の氷よりも冷静なこのポルトガル人の謀略にひっかかり、たちまち哀れな最期をとげたことと思われる。しかし私にはこの僥倖《ぎょうこう》ともいうべき海峡を発見するまでのマゼランの心の痛みも同時に理解できるようだ。そして今は三隻となった百トン足らずの帆船をかって、まだ名前もついていない大洋に乗りだした船員たちの心情もある程度わかるような気もする。この困苦にみちた涯のない航海を、ツヴァイクは克明に描写してみせる。

「ちっぽけな船、身の毛もよだつ不動のさなかにうごめくこのただ一つのものの周りには、いつも変らぬ巨大な青い虚無。くる日もくる日も、昼はおそろしく眩しい日の光に、いつもただ一つのもの、同じ物、変らぬものしか認めることができず、夜はいつも変らぬ冷たい、黙しがちな星の光が空しく物を問うだけである。人間達のちっぽけな空間にも、いつも変らぬ物ばかり――同じ帆、同じマスト、同じ甲板、同じ錨、同じ大砲、同じテーブル。船腹の内臓からくすぶるいつも同じ腐れ物の甘ったるい腐れかかった異臭。朝も昼も夕方も夜も、いやおうなしにすれちがっては、陰気な絶望のうちに瞳を交わす同じ人の顔。両の眼はますますくぼみ、空しい朝を迎えるたびに、頰はこけ、一歩一歩の足どりもますます力なく弱まってゆく。二三カ月前にはまだ元気はつらつたる若者として、嵐の中でも梯子をよじ登り、よじ降り、帆げたに索具を取りつけたりしていた者は、頰もこけ、色もあせ、まるで幽霊のように歩きまわるにすぎない。人類未曽有の大胆きわまる冒険に乗りだした三隻の船はいずれも、もう船員とは思われない者の住家となり、甲板という甲板は漂う病院、さまよう病舎と化したのである」

こうして彼らは、コロンブス達の実に三倍余の期間、涯のない青海原の上に数限りのない太陽が昇るのを見、同じように数限りのない太陽が空虚な無情な青海原の中に沈むのを見る。事態はもう一刻も猶予できない。彼らの歯ぐきは腫れ、歯という歯はみなぐらつき、それが抜け落ち、ついには口蓋《こうがい》が痛々しくはれあがってくる。たとえ奇跡的に食物にありついたとしても、もう無理にも嚥下《えんか》することすらできない。そしてまた昼が夜となり、その夜が相も変らぬ昼となる。だがそのとき、マストの上から、ほとんど泣き叫ぶような、しゃがれた声がひびきわたる。「陸だ！　陸だ！」

現代にこうした未知の領域、前途の定かならぬ冒険を求めるなら、それはわれわれの頭上にひろがる宇宙空間以外に有り得ない。まだ宇宙は一般には逃避的な空想の場所にすぎないが、やがてかつての航海者同様、新しい開拓者たちはこの暗黒の空間に挑戦してゆくことになろう。そして人類はやがて太陽系の星々、あるいは更に遥かな星々にまで足跡を残すにちがいない。この文字どおり涯のない飛行こそ人間の精神の限界を知らせてくれることになるかも知れない。われわれはやはり母である地球にむすびつけられた生物であり、この大地を離れれば離れるほど測りがたい不安に直面することになろう。すでに普通の航空機でも四四〇〇〇フィートに達すれば操縦士は計器飛行の単調さから言いがたい孤絶感に悩まされるという。これをブレック・オフ・フェノメンと呼ぶが、宇宙旅行では肉体上の苦悩にもまして、想像を絶した孤絶感が乗員を苛《さい》なみ、その精神を麻痺させてゆくにちがいない。

それにしても我々が遠からず夜空に光る星々に達し、そこに基地をもうけてゆくのは半ば必然の自然の成行きだ。それから先はどうなるか。ごく簡単に言えば、我々は遠い将来、地球とよばれるこの一遊星の上で死滅してゆく。他の遊星に進出していた少数の人類もまた同じ経過をたどることになろう。癌は局所の細胞が異常増殖を起こしたものであるが、その細胞はまた他の臓器にながれついてそこに増殖する。しかしやがて癌は母体を滅ぼし、かれ自体も滅んでゆく。私には人類の運命がこれら癌細胞のそれと酷似しているように思われてならぬ。しかし癌は終局は滅びてはゆくが、その一細胞の意志、その栄光は彼らの運命とはまた別な範疇《はんちゅう》に属する。

私がついに宇宙空間の夢想にまでたどりついているうち、船はインド洋を乗りこえマラッカ海峡にさしかかった。

毎日が暑く、身体はけだるく、頭脳はたしかに麻痺している。しきりとビールが飲みたい。まだ強い酒は残っているが、それはあまりほしくなく、冷たいビールをぐっとひっかけてやりたい。いったんそういうことを考えだすと、半日くらいは平気でそのことばっかり考えている。夜の波間を見てもビールびんの幻影は浮かんでこない。タイタニック号と一緒に沈んでいった沢山のビールのことを思う。この豪華船の遭難のときはまさに古典的な生命財産が失われ、『ルーバイヤート』の宝石入りの詩本も沈んでいったのだが、そんなことより船と運命を共にしたビールと黒ビールは、実に一万五千樽なのである。こんなふうに、しきりと私がビールに恋いこがれているうち、船はシンガポールの沖を通り、目のさめるような濃藍の海のひろがるボルネオ海にはいった。

すばらしい凪である。いかにも比重の重そうに見える油のような海はとろりとして、かすかな波もうねりもない。数十匹の小さなトビウオが群がってとびたつ。波がないので、彼らの滑走した跡が平らかな海面にいつまでも残る。更にもう一群、その航跡が三四十本も鮮やかにくっきりと画かれてゆく。また二度三度、茶色のウミヘビが藍色の海にのたりのたり浮かんでいるのを見た。

やがてこのだだ広い風景に壮麗な日没がくる。雲はすべて水平線に沈み、太陽は雲のない水平線にゆったりと隠れた。逆に東方の空は下から黄、バラ色、水色の三層にわかれ、その下の海面がうす桃色に染まった。海はジュラルミンの箔《はく》を敷きつめたように平滑で、たまに微風がおこるとチリメン皺が一面により、すぐまた元のなめらかな肌にもどる。西空はまだ夕映えているのに、上空はすばやく昏れてゆき、意外に明るく丸い月がかかり、そのあたりはたちまち夜になってゆく。金星がひかりだす。そしてようやく西の空も夜の帳《とばり》に包まれると、南の水平線上に南十字星がかすかな光を投げかけてくる。このうすい十字の印は時間と共に少しずつ上空へせりあがってゆく。

こうした変化を、私はアッパー・ブリッジに寝そべって、太いロープを枕に、船首が切る波の音と潮の香に包まれながらうつうつと見守っていた。こういうとき、よくぞ船に乗りこんだという幸福感めいたものが、さすがに私の胸にも湧きあがってきた。おそらく贅《ぜい》をつくした客船の船客として一二カ月の航海をしたのでは味わい得ないと思われる満足感である。

翌日は小さな竜巻を見た。巨大な積乱雲様の雲のくろい下の部分がほそくヒョロヒョロとのびていたが、見ているうちに短かくなりひっこんでしまった。はじめはもっと長く、下の海面にとどきそうなくらいに見えた由である。夜にはちょっとしたスコールがきた。スコールは帰途のインド洋で屢々《しばしば》体験したが、晴れわたっていた空がいつとはなしに暗くなり、やがて暗澹たる雲間から大粒の雨がぱらつきだし、見る間に篠《しの》つくような豪雨になる。ほどなく、雲間に水色の部分が覗き、またいつとはなしに輝きわたる空になってしまう。スコールは遠くから見ると、雲の下がぼけたようにたれ幕となって海につづいている。レーダーにはボチボチした不規則な黄色い斑点となって映り、ちょっと島とまぎらわしい。やがて、船は南支那海を抜け、バシー海峡に差しかかった。台湾に近づきすぎて砲撃を受けた船もあるので、航路をきめるのにいろいろ意見がでた。こっちも海図室に入りびたりで、コンパスを速度計にあわせて開き、くるくる回して距離を測り、「今のままで行くと沖縄まであと二日か」と、口だけはいっぱしのことを言う。

「こっちのコースをとって、ここいらで黒潮に乗るようにしたらいかがでしょう。さよう進言します」

船長は苦笑して、「どうも進言する者ばっかり多くって、これじゃ船長は要らんよ」

ここまでくれば一刻も早く帰りたくなるのは悪魔ならぬ身の常である。帰航のときはふしぎにも船の速度が理由もなく早くなってしまうものだと聞いていたが、どうもちっとも船足はのびない。私は更に「マストに毛布で帆をはれ」と進言したが、これまた一顧もされなかった。

船は台湾の横を通り、与那国《よなくに》島から沖縄列島の左手にそって日本へ向った。

四月二十七日の朝、沖縄本島をすぎ、これより日本の領海に入る。低気圧の影響で海はくらく荒れている。翌日、何日ぶりかで水色に澄みきった空になったが、すでに南方のぎらつく光輝も暑熱もない。海の色も青いことは青いが、やや黒ずんで先頃までの鮮やかさは消えている。朝、種子島の右を通り、四国沖へと進んでゆく。

夜、海図室へ行くと、ラジオの上と魚群探知機の上に、それぞれ二羽ずつのツバメがとまっていた。午後船にはいってきたというから、九州と四国の間くらいの海上で飛びこんできたのだろう。南方から日本へ帰る旅の途中で低気圧に会ったものらしく、腹のあたりの羽毛もずいぶん汚れて弱りきっている。手をだしてもつぶらな目でこっちを見守るだけで逃げようとはしない。殊に一羽は腹の羽毛の中に首をうずめるようにしてじっとすくんでいる。夜ふけてもう一度覗きに行ったら、四羽とも首をひっこめて小さく丸くなって眠っていた。そして翌朝、明るくなると共に彼らは飛びたって船から出ていったそうである。

その夜十一時ころ、右前方の暗い海上に大島の噴火の火が見えた。やや橙色をおびたレンガ色の火が暗黒の空にややぼやけて立っている。さすがに船が多く、右左に点々と小さな灯が揺れている。わが船のかきわける夜目にも白い泡のはずれだけ緑いろに光って見える。こまかい夜光虫の群らしい。白波の端だけがくっきりと鬼火のように光っている。

そして更にその翌朝、四月三十日の早朝、照洋丸はゆっくりと半年前そこを出た懐しい東京港へはいって行った。それにしても、なんという汚ない海だろう。なんという臭気だろう。まるでドブ川である。

岸壁に着くと早速税関吏《ぜいかんり》が乗りこんでくる。私のゴルフのクラブを見ると、「わるいものを持っていますね」と言い、私は千二百円也をまきあげられた。たった一本の、おまけにあちこち傷だらけのクラブで税金をとられようとは、私は未だに夢のような心持である。

それならば、あのガス・ピストルはどうしたかと人は尋ねるかも知れない。堪えがたく悲しいことに、あれはもう私の手元にはないのである。いや、税関吏にまきあげられたのではなく、これにはまことに信じがたい物語が付随している。あれはたしか南支那海にさしかかろうとしていたある日の夕方であった。私は船尾に立ち、なめらかにひろがる海の面が次第に昏れてゆくのを眺めていた。すると、異様な、真に異様な気配の迫るのを感じ、同時に五体がしびれてゆくのを覚えた。辛うじて私は右手の海面に首をまわした。そこに私は何を見たのだろう。それこそ伝説の中に棲むと言われるウミボウズそのものであった。それは雲とも水ともつかない、曖昧な、しかし明らかにそれとわかる姿態を、ぬっと海面から突きだしていた。顔とおぼしきあたりには、かの怖るべき催眠術師スベンガリイの眼を思わせる、二つの暗いおぼろな眼があって、それがじっと私を睨みつけていた。気丈にも私は、片時も離さぬガス・ピストルをポケットからひきぬくが早いか、にぶく光る妖しい両の眼の間に狙いをつけた。すると、雲とも水ともつかない手のようなものがスルスルとのびてきて、しびれた私の手からピストルを奪い、そのまま波間に没し去った。ウミボウズは海中に沈んだのである。おそらく今ごろは、あのウミボウズはピストルを斜めに腰にさして、どこかの海底を悦に入って泳いでいるのではあるまいか。

このような話はとても信じがたいという人々のために、私は最後に、紀元二〇〇年ころの賢人テルツリアヌスの箴言《しんげん》を書きつけて、この航海記を終ることにしたい。

「われ信ず、荒唐無稽なるがゆえに」

あとがき

私は一九五八年の十一月半ばから、翌年の四月末にかけて、六〇〇トンばかりの水産庁漁業調査船「照洋丸」の船医となり、およそ半年の航海をしてきた。それがどんな航海であるかはこの本を読めばわかる筈だが、私は日本に帰ってきて間もなく、なんのタタリか十二指腸潰瘍と診断され、酒タバコを禁じられ、カユなど食べねばならぬ身になってしまった。しかし私はなにぶん医学者であるから、そんなものは夏の末までに癒《なお》してしまうつもりであったところ、これがけしからぬ病気で、秋になっても癒らぬ、冬となってもまだ癒らぬ、私は痩せおとろえ、くたばり、その間なにひとつまともなことはできぬので、ついにカンシャクを起し、とうとうかような本を書く気になった。

私はこの本の中で、大切なこと、カンジンなことはすべて省略し、くだらぬこと、取るに足らぬこと、書いても書かなくても変りはないが書かない方がいくらかマシなことだけを書くことにした。そのほうがわが潰瘍は機嫌がいいからである。従って、私はこの本を『十二指腸航海記』と名づけたいと思ったが、それでは何のことやら判らぬと言われたので、致し方なく表記の題名にした。もっとも、これまた何のことやらあまりよくは判らぬ。

去年の冬のはじめ、私は次の航海にでてゆく照洋丸を見送るため、リンゴ箱一杯マンガ本をつめて東京港へ出かけた。ところが私が出港の日を聞きちがえたのか、それとも船の予定がくりあがったのか、そんな船はすでに影も形も見えぬのである。波止場に立っていた警官に尋ねると、その船ならたしか昨日出港したという話であった。私はうす汚れた海がひろがる岸壁に佇んで、なんということもなくひとりごちた。「なるほど、船だ」

今ごろは照洋丸はとうにパナマ運河を通りカリブ海あたりの緑の海を遊弋《ゆうよく》していることであろう。こうして遥か隔たってみると、さすがに私には、この船とそれに乗組んでいた人たちに対する懐しみが湧く。つつしんで彼女と彼らの幸運を祈る。

一九六〇年二月二十五日

著　者

解説

なだ いなだ

一九五八年の十一月ごろであったろうか、慶応の神経科の医局の図書室で、古い雑誌をひらいて読んだふりをしていた私のところに、北杜夫がやってきた。私は読んだふりをしていたので、読んでいたのではない。図書室は読書のために使用すること、医局員のたまり場として使用すべからず、という達しがえらい人から出ていたので、そこにいるためには読んだふりをしなければならなかったのである。だが、私はそのおかげで、よく本を読んで勉強ばかりするやつと思われていた。ま、そんなことは、どうでもいい。北杜夫は、私にいった。

「おい、お前がフランスに行った時の船は、何トンだった」

なんのためらいもなく、本をパチンととじて、私は天井を仰いで、「さあ、どれくらいだったかな、一万二千トンだったかな。それとも、二万一千トンだったかな」と、つぶやくようにいった。

「そうか。だいぶ小さいな」

彼は、ひとりごとのようにいった。

「小さいといえば、そりゃ、クイン・エリザベス号やノルマンジー号にくらべりゃ、小さいよ。でも、一万トンの船は、けっこう大きいもんだ。五六階のビルのような感じだ」

私は彼のつぶやきに、ちょっぴり抗議した。

「ばか、小さいといったのは、お前の船のことではない。おれが、これから乗るかもしれぬ船のことだ」

彼は、うめくようにいった。私は彼の顔を見つめた。

「六百トンの船といやあ、お前の乗った船の十分の一ではないか」

「いや、二十分の一だ。トン数でくらべれば」

「じゃ、その一万二千トンの船は海が荒れてもビクともしなかったろうな」

「いやいや、荒れ方によるよ。海ってものは、こんな荒れ方をするものかと思う時があるものだ。台風につっこむと、その船だってだめだ。エントツから水が入るそうだ」

「ほんとか」

彼は考えこんだ。

それが、あのどくとるマンボウの航海に出発する、数日前のことだった。彼が、六百トンの船で、荒海として名高いインド洋に行くなんて、まったくきちがいざたであると信じかけた時、私は逆に、この機をのがすな、絶対にその船に乗れとけしかけはじめた。

「六百トンとはいえ、鉄でできた船だろ。穴があかなきゃ沈むことはないさ」

彼は、乗る決心をすることはしたが、本当に死ぬかもしれぬと考えている顔つきで、

「おい、なだ、おれがもし死んだ場合、遺稿の整理は全部まかせる。その他のことは机の中に遺言を書いていれておくからな」

といった。私は、その時のことを思いだしては微笑する。

太平洋戦争の終る前後に、旧制高校、大学と進んだ私たちの世代にとっては、輝やかしい青春というものは、なかった。空腹と窮乏《きゅうぼう》にみたされた、みすぼらしい青春だった。それでも、私たちは、けっこう陽気に、そして無鉄砲に生きて来たが、それは失うべきなにものも持たない自分たちという認識が、私たちを居なおらせたのだった。

そうした私たちにとって、青春時代の終りを外国に行くことで飾ることは、大きな夢であった。山にのぼって闇の中で遠くに街の灯を見るような、きらびやかさをもった夢だった。しかし、そのチャンスは、おそろしく少なかった。なにしろ、日本には今のように外貨もだぶついておらず、政府は特別な用のないものが外国に出ることを許していなかった。

だから、外国に出るには、その国の政府支給の給費をもらう留学生になるか、外交官にでもなるほかはなかった。だが、この留学生試験というのが、やたらとむずかしかったうえに、試験官の教授たちの学閥あらそいが加わって、さらにむずかしさを増していた。そうした方法を断念したものに、日本を脱出する方法がひとつあった。それが船医になることだった。北杜夫が乗ることになった照洋丸の話は、実は同じ医局の仲間の一人だったNが、自分が乗るつもりで持って帰ったものである。だが教室を留守にするためには、教授の許可をもらわねばならぬこともあって、Nが断念し、彼が乗ることになったのであった。

北杜夫が、この船に乗らなかったら、「どくとるマンボウ航海記」という楽しいエッセイは生まれなかっただろうし、また、どくとるマンボウそのものも生まれなかったろう。

その頃、北杜夫も私も「文芸首都」という同人雑誌のグループに属していた。彼はそれまでにも、数回芥川賞候補に推せんされた短編小説の作品を書いて、文壇から注目されていた。しかし、それらの作品は、どちらかといえば、構成のしっかりした、そして言葉づかいに神経のゆきとどいた、詩情をひめたものであったが、ユーモアや奔放さでは、それから後の作品に見られるものを、まだ欠いていた。彼自身の人間には、そうしたものがあふれていたが、それを小説のような作品の上で生かすことがためらわれていた。

　彼は、その船旅のあいだに、私たちの同人雑誌に航海記を送ることになった。その頃、私たちの同人誌には、あまりうまいとはいえぬ小説が集まる以外に、評論、エッセイのたぐいの欄を埋める記事が不足して弱っていた。だが、彼の最初の航海記がのせられると、雑誌のおもむきが変った。同人たちは、本をひろげると、小説をあとまわしにして、彼の航海記を読むようになった。そして、新聞のコラム欄に、この航海記の笑いがとりあげられたりした。だが、この航海記には、まだどくとるマンボウの名はなかった。この航海記は、いかに面白いものだったとはいえ、小説中心の雑誌の中で、埋め草として扱われるような記事だったのである。だが、埋め草の記事を書くという気やすさが、彼の筆を奔放なものにさせたのだろう。彼は、もともと、いっしょにいるだけで人を笑いにさそう、身についたユーモアを持っていた。彼は機知に富んだ会話で人を笑わすエスプリのある話術家ではない。彼の行動の奔放さが、彼の人間からしみ出して来るようで、自然に笑わせられるのだ。エスプリを批評的な刺すような笑いとすれば、彼は小説的な、ふくらみのある、おおらかさを持った、ユーモアという言葉にあたいする笑いを持っていた。彼は、この航海記に、ただそれを自然にあふれさせ、流れさせるだけでよかった。

　この笑いで、彼のこれまでの作品の中では見出せなかった才能に目を見はらせたが、同時に彼自身にも自分の可能性に目を開かせるものだったろう。「楡家の人々」の構想は、この航海記のずっと以前から彼にいだかれていたものだが、あの作品のような形に結実するためには、どくとるマンボウの誕生が必要ではなかったかと思う。

　この航海記が本にまとめられる時、どんな題にしようかという相談を受けた。もう、その時、彼の心の中では「どくとるマンボウ」の名が、九分どおりきまっていたようである。私はそれを知らなかったから「どくとるホウボウ航海記」がいいといったことをおぼえている。ホウボウという魚の名と、ほうぼうをめぐるという意味をひっかけたらというのが、私の考えであった。私の頭の中には、魚そのもののイメージよりは、意味の重ねあわせへの興味の方があった。だが、彼はマンボウという魚のイメージと自分自身の自称怠惰な人間のイメージの重ねあわせの方を重視した。私は、そこに彼の小説家としての体質を感じさせられた。そして、後になればなるほど、この航海記の名はどくとるマンボウがふさわしかったのだと思う。どくとるホウボウ航海記だったら、航海記の題としてはけっこう面白かったかもしれない。だが、それが、彼が続いて出した昆虫記、青春記などの題にふさわしいものかというと、たしかに疑問である。そのことを考えると、自分がどくとるホウボウなどということを口にしたことが、恥かしくなる。

　この作品は、私にとっても、実になつかしい作品である。精神科医局員であると同時に、同人雑誌のグループの一員として過していたこの北杜夫の出発前の数年間は、私たちにとって、おくれて来た青春時代というべきものだった。私は、この二つをごちゃまぜにして「しおれし花飾りのごとく」という小説を書いたが、その中のエピソードがフィクションではあっても、ふんいきだけは決してうそとはいえない奔放な生活を送っていた。そして、その時代は、北杜夫のどくとるマンボウの旅立ちとともに幕をとじたのであった。彼は、この旅から帰り、マンボウの成功とともに、やがて同人誌から去って行ったし、医局からも離れた。私も数年あと、ふたたび日本を脱出してヨーロッパに向った。この航海記は、そうした私たちのおくればせの青春時代のはずれに立つ、記念碑のように感じられるのである。

作家の小説作品には、おのおのの作家の孤独の結晶のような要素がある。秘密の部分がある。親しい友人にとっても、その誕生の前からの証人となれないような部分がある。しかし、このマンボウ航海記は、それとはちがっている。私はその誕生の場にいあわせただけでなく、その前から、そもそもの精子と卵子のめぐりあいから、そして受胎から、すべてを見とどけたのだ。こんなしあわせな偶然は、なかなかめぐまれることではないだろう。

解説としては、どうも私ごとばかりを書きつらねてしまったようだ。だが、この航海記には、そもそも、まっとうな解説など不要なのである。これほど、この作者を身近かに感じさせる作品はない。この航海記を読む読者は、自分があたかも彼とともに、ちっぽけな船に乗って旅行するのを感じるだろう。友情には解説など不要だが、読者はこの本からそれを感じとるにちがいない。そして、この作者の小説の世界にも、きっと引き寄せられて行くだろう。多くの作家が、先生と呼ばれ、指導者ぶる中で、彼は稀な例外である。彼は、この作品で日本の文学の間口をひろげてくれたが、同時に作家と読者の共感の地平もひろげてくれた。

一九七三年十一月

（精神科医・作家）

（旧版『どくとるマンボウ航海記』より再録）

付録

文章と写真と

宮脇俊三

「若い精神科医が水産庁の調査船に乗ってアフリカ沖からヨーロッパのほうへ行っている。筆のたつ人らしい。小説も書いている」

という情報が入ってきた。昭和三四年の春のことだった。当時の私は出版社に勤めていた。そして、外国旅行は高嶺の花の時代だった。

その「小説も書く若い精神科医」が帰国するのを待ちかまえて、私は航海記の執筆を依頼した。その際、旅行中のたくさんの写真も見せていただいた。珍しいものばかりだった。写真をふんだんに入れた本にしよう、と私は思った。

半年ほどで原稿が完成した。その出来ばえは期待をはるかに上回っていた。眼を見はるほど自由闊達で伸びやかな、若い心が活動するような文章にはユーモアさえ溢れていた。

その文章に魅了された私は、すっかり満足し、写真を挿入することなど念頭から消えてしまった。

翌年の春、写真なしの外国旅行記という当時としては珍しい本が出版された。が、文章の魅力が読者をとらえ、たちまちベストセラーになった。北杜夫著『どくとるマンボウ航海記』である。

編集者として思わぬ幸運に調子づいた私は、「世界の旅」全一〇巻というシリーズを企画した。既刊の外国旅行記を地域別に集めるというシリーズである。写真も各ページごとに挿入することにした。旅行記に写真は欠かせないのが編集の常道であった。

第一回配本には目玉商品として『どくとるマンボウ航海記』を収めた。こんどは写真が何十枚も本文に割って入った。

ところが、刷り上がった見本に眼を通しているうちに、私は愕然とした。写真不要、いな邪魔！　せっかくの文章の魅力を減殺さえしているのである。

「世界の旅」シリーズに写真を挿入しようとの編集方針がまちがっていたとは思わない。しかし、他の収録作品の著者にたいしては失礼にあたるが、第一級の紀行文には写真など無用にして無縁なのだ。

そういえば、内田百閒の『阿房《あほう》列車』に写真はいらない。『おくのほそ道』に写真を入れたらナンセンスだろう。文章とは写真などとは次元のちがうところで成立する精神の作用なのだ。

と深く思い知らされた私の現在の職業は「旅行作家」。すでに二〇冊もの本を出させていただいたが、写真入りの本は、やむをえぬ事情による一冊を除けば他にはない。文章の作用は写真なんぞ遠く及ばない、という私の心意気なのである。

けれども、「あなたの旅行記には写真が入っていない。こんどから入れてください」といった読者からの手紙が来る。口惜しいが、文章修業をせよとの忠言として受けとめるほかはない。

（みやわき・しゅんぞう　作家）

（『旅は自由席』一九九一年一二月　新潮社刊）

傲慢と韜晦

北　杜夫

自作について解説ふうの文章を書くのは誰でも困惑するものであろうが、私は傲慢と韜《とう》晦《かい》の術をもってその責を果そうと思う。

どんなふうにでも私は始められる。なんという才能であろうか。

たとえばサキという小品を書く作家がいる。エイメという同じく小品を書く作家がいる。いずれも、しゃれていて、機智があって、独特の雰囲気をもっている。独特な、という点で彼らは作家である。もっとたわいもない作家もいる。「回転ドア」というような小品を書いたコーリー・フォードもその一人である。一人の男がデパートにはいろうと思うが、回転ドアをくぐりぬける勇気がない。ついに決死の勇をふるってそこにとびこむ。するとその中にもう長いこと回転ドアに閉じこめられている老紳士がいて、二人して回転ドアがまわるにつれとことこ歩きながら、いささかの会話を交す。「こんなことおたずねしてぶしつけかもしれんが、こちらには、いつこられましたかな?」「いまはいったばかりです。

靴下を買いにいく途中でして」「わたしの名はロナルド・ウィーチ」と老紳士は手をさしのべ、「ここには、この木曜からはいっています」そのうちに男は、思いきってこの隙間から外へとびだしてみようとする。老紳士は、あなたはお若いし野心もあるからその冒険をやってみるように、とすすめる。そして目に涙をため、「もしひょっとして家内にあうようなことがありましたら、達者でいると伝えてくださらんかな？　わしがまだ愛しとるとな？」

彼らは愛すべき小作家である。私は過去、ドストエフスキー、ディケンズ、トーマス・マン、ヘミングウェーなど大作家の作品をよんできたが、同じ熱情をもって、これらの小作家の作品を愛読してきた。私は彼らが好きで、もし町角で彼らに出あったなら抱擁したことであろう。この世にあなたという人物がいたことは私にとって有難いことであったと言うつもりであった。そしてある日、気づいてみると、もし自分があましたものを書こうとすれば、もちろんそっくりではないが、ちゃんと書けるということに私は気がついた。この自分が書けるのである。といって、自分で自分を抱擁するわけにいかない。そんなことは莫迦げたことだからである。

この世に、とても真似することのできぬ大作家がいるということは、それゆえすばらしいことである。

　この世に偉大な書物があるということは、それだけで幸福で、というのは私が本をよむことが好きで、なかんずくよくできた小説を手軽によめるということはかけがえのないことだとこのごろよく考えるのである。私は世間の一般の人よりも、その微妙な細部を味わうことができる。あとからあとから言葉が奔流のように溢れでてくる箇所に驚嘆し、余韻を残してぽつりと切れる効果にも三嘆することができる。

　たとえばここにシュティフターの「水晶」があるとし、山の中にさらさらと降る雪の音が耳元で聞えるような思いをし、「ヤー、コンラート」という反復する少女の呟きを聞く。それを辿るだけで私は満足である。たとえばここに「ドン・キホーテ」という巨大な作品がある。それを辿ることで私は夢中になり、堪能する。「コッパーフィールド」というような小説は、何回よんでもそのたびにおもしろい。実際この作者はなんという物語を創りあげたのか、とつくづく思う。

　それならば、そのような本をよんで、堪能し満足しておればよいのに、なんで自分まで物を書きだすのか。ちょこざいなことではないか。さよう、ちょこざいなことである。「ブッデンブロオク家の人々」を十回よんでもいいが、各章にどんなエピソードがあるか、そのエピソードはどのようにあとになって発展しているか、時代の推移はどのようになっているかなどを表にして、しかもそれがトーマス・マン研究なんかではなく、自分の書く小説の参考にしようなどと考えるのは、つまらないことではないか。さよう、つまらないことである。

しかし、人は往々にして、ちょこざいなつまらないことを始めるので、それは人間が一人一人少しずつ違っていて、この世にどんなに大作家中作家小作家がいようとも、自分はまたそれとは違っているという意識からである。しかし、そんなことは当り前なので、なんの自負の足しにもならない。

この全集は「われらの文学」とかいう名前だそうだが、私ほどその名に似つかわしくない作家はいまいし、「われら」などという言葉は大嫌いである。私は自分一人のことでせい一杯なので、他人の面倒まで見きれない。

世間の若い人はよく、自分は詩人になるよりほか道はない、などというが、そんなことは間違いである。詩人になる才能があるにせよ、小学校の先生にも道路工夫にもなることができる。私が物を書いているのは、それが性にあい好きだからであろうが、物を書くことを禁じられてしまったからといって、自殺するようなことはない。他のいろんな職業で生きてゆく。が、告白すると、やはり物を書きたいだろう、それもずいぶんと。

更に告白すると、私は大学の医学部にはいってほどもなく、自分は書いてゆくべき人間で将来作家になると決めてしまった。この迷妄にずいぶんと影響があった書物に、トーマス・マンの「トニオ・クレーゲル」がある。私はしょっちゅう、その実吉《さねよし》捷郎《はやお》訳の文庫本をポケットに入れていて、校庭にしばらく寝そべってはその数ページをよんだ。それから憂鬱な顔をして街をぶらついていって、一軒の喫茶店に入り、一杯のコーヒーを前にしてまたその数ページをよんだ。そのボロボロになった文庫本は未だに私の手元にあるが、その見すぼらしい本ほど私に失われた青春――模倣を敢てすれば、もしそんなものがあるとすれば――を思い起させるものはないのである。

のちになって私は書いた。

「精神と自然（生命といっても肉体といってもよいが）に関する彼のイロニッシュなアンチ・テーゼは、かなり歪められかなり皮相に僕におおいかぶさったが、しかしそれは感情になりきりうる思想であった。稚さがそのイロニイを、距離としてではなく、むしろ密着としてうけいれさせたのである」

また一作家が私にこう語ったことがある。

「あれは、うまく人をだますように書いてあるんだよ」

ともあれ、「トニオ・クレーゲル」を書いた当時のマンはそれを信じており、私もまた額の極印を信じたのであった。

人がどう思おうとも、或いはちっとも実作を示さなくとも、私は自分が長篇作家の素質を持っていることを知っている。私が大学ノートに書いた第一作は、四百枚ほどで中絶したが、できあがっていれば二千枚を越えるものになったろう。長い時間をかけて物語ってゆくということが私は好きである。そして、物語というものを私は信じている。たとえどのように小説の形態が歪められる時代が来ようとも。

私はこうも書いたことがある。

「物語、とこう書くと、私はまだ人間と世界が半ば溶けあっていた古代の薄明を感じます。その漠とした中で、長老たちの伝える挿話がつみ重なり、最初の物語形式というものが誕生しました。それは最初は事実そのものであり、なんら架空の要素は含まれていなかったのですが、人間の精神はやがてそれに信じられるかぎりの怪奇さ、不可思議さをつけ加えてゆき、同時に彼らとまじりあっていた外界、そのあらゆる事象に神々の存在を示していた広い巨大な世界は、次第に人間と対立し、また同じ必然から、その神々もいつしか死なねばなりませんでした。ところで、この古い発生をもつ物語というものは、現代文学では見捨てられねばならぬものでしょうか。史的考察をぬきにしても、それはひとつのがっしりした形態を強制したゆえに、遂にその内容は空虚となり、形態そのものまで崩壊してゆかねばならぬものでしょうか。

しかし、神話は一個人の中でも繰返されるものであります。少くとも我々習作するものが、一度はこの中で信じ、礼拝し、かつて人間の辿ったゆったりとした時間の経過を味わってみたいと意志することは、単なる郷愁だけでないように思われます」

原稿用紙が電報用紙のごとく升目になっていることは、私にとって象徴的なことと思われる。ここに、丸っこい下手糞な文字を、ぽつりぽつりと埋めていって、その作業を何日も、何ヵ月も、何年もつづけてゆくことに私は堪えていける。

ただ、もっとも重大な障碍《しょうがい》があって、それは私に体力がないということである。はたから見た何倍も――私の医師としての名誉をかけて――私の体は丈夫ではないのである。「楡家《にれけ》の人びと」を書きあげたとき、私は一杯のビールで吐いてしまうほど疲れきっていた。この間カラコルムの山中で四十日暮したとき、完全に体力の限界にきて八十歳の老爺のごとくになってしまったと同様である。必然的に私には休養が必要となる。これを私は怠け者と自称し、人もそれを認めていることなのだが。

神よ、私の五十代に、ある程度の心身共の健康を与えたまえ。そうすれば、途方もない長い物語を書いてみせる、読者が飽々して途中で死んでしまうくらいの物語を。

物を書くのにはのろければのろいほどいいというのも私の信念である。だが、作家生活にもいろいろな要素があり、それがうまく組合わないとうまくいかない。たとえば私のようなエネルギーの乏しい作家には、泥濘の道をギアをローにして走りっ放すことは、ある期間しかできない。平坦の道をトップで走ることは、息抜きであり気分転換になる。私の「どくとるマンボウ」ものを始めとする戯文は、このようにして生産されるものである。

といって、私はそうした軽いものについて、殊さら卑下するつもりはない。私の資質の中で、もっとも誇り得るものはユーモアであり、私は他の誰にもましてこのことを重視している。ただ、ここで肝腎なのは、ユーモアにも程度の高いのもあればそうでないものもある。私はそれらをひっくるめてみんな好きなのである。この世では、下手におかしい作品があると、「これは低級な笑いで」とか、「作者自身がおもしろがっているので」とかすぐ言いたがる。そのくせ「作者は真剣になりすぎているので」とはなかなか言わない。一体、作者というものはどんな安らかな顔をして涙の出る箇所を書き、どんな苦渋に満ちた顔をして人を笑わせる箇所を書くのか、てんで御存知ないのである。私の中にはナンセンス趣味からドタバタ趣味までみんなあって、自分ではこれを貴重なものと思っている。

まあ私が死ねば、数名の人がなげいてくれるだろう。

さて、自称長篇作家の資質にもかかわらず、私の書いたもので初めて活字になったのは「百蛾譜」という十枚の掌篇であった。それから私は初期短篇集「牧神の午後」に収められた幾つかの短篇を書いた。同時に最初の長篇「幽霊」を書きだしていた。

この長篇はのちに自費出版されたが、当時まるで売れないのはもとより、ほとんど完全に黙殺された。私の作品の中でももっとも抒情性の強いもので、そのためか私の若い読者からは、私の全作品の中で一番好かれているようだ。私としても懐しい作品の一つで、ただ読み直すたびに語句を訂正しけずりたい誘惑に駆られる。若いころの作品はすべてそうなのだが、いじりだしたらきりがないうえ、若い時代の持つ何者かまでを失ってしまうことになる。

私は視覚型の作家であるが、「幽霊」はその中で数少い音楽性をおびている。記憶のよみがえりというテーマは目新しいものではなく、当時私はフロイトはよんだが、プルーストはよまなかった。「失われし時を求めて」の新しい翻訳が出始めていて、それをよみたいがよむのがこわいという心境であった。結局、小説を書き終えるまで、よむことをしなかった。この作ははじめ第一章までの短篇として出発したものである。それが次第にふくれあがり、長篇となっていったものである。この続篇を十年おきくらいに書きついでゆき、三部作くらいにまとめたいという意図を私は有しているが、種々の都合で今のところ予定が立たない。

その後私は幾つかの短篇を書いたが、これはある人物、ある事件を描くというより、ある雰囲気、ある気分を描いたものである。「岩尾根にて」「羽蟻のいる丘」などはその中で比較的気に入っているものだ。

しばしば私は、一枚の写真から一つの短篇を作っている。メキシコから友人がくれた砂漠の写真が触媒となって、「埃と灯明」という短篇をかき、ベルリンの廃墟と化した教会のつぶれた屋根を遠景とするクルフェルステンダム通りの写真から、「星のない街路」という短篇を書いた。共にまったく私の知らぬ土地である。台湾の山地に蝶を追う「谿間《たにま》にて」という作品も同様で、せいぜい一枚の写真を媒介として空想にふける作業は、私の好みともいえそうだ。「夜と霧の隅で」の成立も似たような課程を辿っている。

この作品は有体にいって意に満たぬものであるが、非常に難航したことから記憶に残っている。はじめの数十枚を書いたところで筆がとまり、そのうち船医となってヨーロッパ方面の航海に出、戻ってきて数十枚を書いてまた筆がとまってしまった。それで私はこの作品を投げやって、「どくとるマンボウ航海記」を書いた。それから二ヵ月経って三たび筆をとり、辛うじて書きあげたものである。これだけの中篇に実に長い時間がかかった。

ついでながら、「どくとるマンボウ航海記」という書名にも手間どった。江戸時代に

「〇〇先生行状記」というたぐいの本が多かったから、「どくとる〇〇航海記」としようとしたが、その〇〇に困った。ラテン語からギリシア語から実に数十の名をそこにあてはめてみ、最後に面倒臭くなって、ゴロの点のみからマンボウとした。マンボウとは魚の名であり、文中に一箇所出てくる。これを踊りの名と間違えられることは、私には盲腸を切られるほどつらい。

「楡家の人びと」は私にとって十年まえから、いつかは書かるべきものであった。とうの昔に、この作品は仮題を付されて、私の創作ノートに載っていた。私は漠然と、それを書く時期を四十代と思っていたが、急に予定を繰上げることになったのは、自分の健康に自信を失ったためと、昔のことを知っている人たちがぽつぽつと死にはじめたからである。

親類の間をめぐって昔の聞き語りをとり、大正年間の新聞の抜き書きを作り、おぼろに第一部の輪郭ができてきたのは、昭和三十六年の初夏のことで、その八月十六日に筆をとりはじめ、昭和三十八年十二月十四日に稿を終えた。三部とも各十章でまとまっているが、これは最初から予定していたことではなく、できてみたらそういう具合になっていたのである。

もちろんこの期間「楡家」だけの仕事に専心したわけではなく、殊に南太平洋諸島の旅がはさまったが、このときは第一部を三分の一ほど書きあげて出発した。第二部以下の構想はまだできておらず、なかんずく太平洋戦争の場面をどこに選ぶかがまったく白紙として残されていた。旅の初めにハワイに寄ったが、日本軍のハワイ奇襲をハワイ側から描こうかとも思っていたので、真珠湾を見ることが一つの目的でもあった。ところがパイナップル畠の中から見下ろす真珠湾は、まことに駘蕩《たいとう》としていて、まったく戦いのイメージが湧いてこないのである。最初の一瞥で私はその考えを捨て、結局真珠湾内を訪れることなく帰ってきた。

その逆に、旅の終りに飛行機が給油のためウエーク島に寄った。機内から出ることを許され、私は歩きにくい珊瑚の破片の上を、波打際まで歩いた。実に荒涼とした風景であった。岩の上にしゃがんで、そこに打ち寄せる波頭を眺め、ついで灌木地帯に沿って引返そうとすると、小さな棘のある草の実がズボンにこびりついた。この島を使おうと思った。わざとしたように、私にはこの島で戦った叔父がいた。

このようにして、私はハワイ攻撃、ラバウル、中国の二箇所、ウエーク島の場面を小説に書くようになったが、これらはすべて肉身、親類の者の体験を土台にした。言いかえると、一つの家にこれだけの戦場体験者がいたということである。一方、徒らに体験談を求めてもさして役に立たぬことを私は知った。たとえば私はハワイ攻撃に参加した十人くらいの人の話を聞いたが、波の色一つにしても彼らの記憶は実にまちまちなのであった。

書くには万年筆を用いそれにインクをつけ、原稿用紙は四百字で綴じたものを使う。四年ほど前から執筆中にコーラーにウイスキーを入れたものを飲むという悪癖を有してきた。煙草はむやみにすう。夜のほうが落着くので、昼間は多く雑文にあてる。執筆は自宅の書斎、というより慣れた場所でないと具合がわるい。九割までそこで書く。古びたものに愛着があり、スタンドでも机でも変えることを好まない。椅子は実に見すぼらしい籐椅子だが、これは大正年間から箱根の山荘にあったもので、罹災《りさい》した戦後そこから持ってきたものである。いくらなんでもがたついてきたが、腰かけられるかぎり代えようという気が起らない。

記憶力がわるいことは抜群であり、どのような文字があるかは割と知っているが、辞書がないと書けない。近ごろは当用漢字すら書けなくなった。新造語を作ることもある。高等学校時代、茸という字をかくのに、草かんむりと耳の間に口をかいてすましていた。こういうのが作家となっているのだから、末世というものである。

私という作家を知るには、全作品をよむ必要はない。今までの時期でいうと、大体、

「楡家の人びと」「幽霊」「どくとるマンボウ航海記」の三つをよめば、おおよそのことはわかる。

これからの十年に、また三つ四つのものを選べるであろう。次の十年には——そこまで考えるのは贅沢というものだ。しかし、私はむかしから自分を晩熟型と信じているし、今でもその考えは変っていない。

（『われらの文学 16』一九六六年五月　講談社刊）

『どくとるマンボウ航海記』
単行本　1960年３月
文　庫　1973年12月　どちらも中央公論社刊

文庫カバーイラスト　佐々木侃司

編集付記

一、本書は中公文庫版『どくとるマンボウ航海記』(二〇二〇年二月二四刷)を底本とし、写真、エッセイ「傲慢と韜晦」等を収録した増補新版である。

一、明らかな誤植と思われる箇所は訂正し、難読と思われる語にはルビを付した。

一、本文中には今日の人権意識に照らして不適切と思われる表現があるが、作品の時代背景および著者が故人であること、また文学的価値のある作品であることを考慮し、底本のままとした。

中公文庫

どくとるマンボウ航海記《こうかいき》
——増補新版《ぞうほしんぱん》

2023年2月25日　初版発行

著　者　北《きた》　杜《もり》　夫《お》

発行者　安部　順一

発行所　中央公論新社
〒100-8152　東京都千代田区大手町1-7-1
電話　販売 03-5299-1730　編集 03-5299-1890
URL https://www.chuko.co.jp/

DTP　嵐下英治
印　刷　三晃印刷
製　本　小泉製本

Published by CHUOKORON-SHINSHA, INC.
Printed in Japan　ISBN978-4-12-207320-3 C1195

定価はカバーに表示してあります。落丁本・乱丁本はお手数ですが小社販売部宛お送り下さい。送料小社負担にてお取り替えいたします。

中公文庫既刊より

き-6-18
どくとるマンボウ医局記 新版
北 杜 夫

『どくとるマンボウ航海記』前夜、白い巨塔の片隅で怪気炎を上げるマンボウ氏の新人医師時代。新たに武田泰淳との対談「文学と狂気」を増補。〈解説〉なだいなだ

207086-8

き-6-19
静謐 北杜夫自選短篇集
北 杜 夫

三島由紀夫賞賛の表題作ほか初期の純文学作品、SF、随筆など全一〇篇を収録。多才な作家のエッセンスが一望できる自選短篇集。〈巻末エッセイ〉今野 敏

207093-6

き-6-20
人間とマンボウ 新版
北 杜 夫

三島、川端からトーマス・マン、斎藤茂吉まで。北文学の原点となる作家や人物との交流をユーモラスに綴る文学エッセイ。〈エッセイ〉三島由紀夫／佐藤愛子

207197-1

つ-3-30
完全版 若き日と文学と
辻 邦 生
北 杜 夫

青春の日の出会いから敬愛する作家、自作まで。親友の二人が闊達に語り合う。ロングセラーを増補、全対談を網羅した完全版。〈巻末エッセイ〉辻佐保子

206752-3

つ-3-25
背教者ユリアヌス（一）
辻 邦 生

血で血を洗う政争のさなかにありながら、ギリシア古典を学び、友を得て、生きることの喜びを見いだしていくユリアヌス――壮大な歴史ロマン、開幕！

206498-0

つ-3-26
背教者ユリアヌス（二）
辻 邦 生

学友たちとの平穏な日々を過ごすユリアヌスだったが、兄ガルスの謀反の疑いにより、宮廷に召喚される。皇后との出会いが彼の運命を大きく変えて……。

206523-9

つ-3-27
背教者ユリアヌス（三）
辻 邦 生

皇妹を妃とし、副帝としてガリア統治を任ぜられたユリアヌス。未熟ながら真摯な彼の姿は兵士たちの心を打ち、ゲルマン人の侵攻を退けるが……。

206541-3

各書目の下段の数字はISBNコードです。978－4－12が省略してあります。

つ-3-28
背教者ユリアヌス(四)　辻　邦生
輝かしい戦績を上げ、ついに皇帝に即位したユリアヌス。政治改革を進め、ペルシア軍討伐のため自ら遠征に出るが……。歴史小説の金字塔、堂々完結！
206562-8

え-10-7
鉄の首枷　小西行長伝　遠藤周作
苛酷な権力者太閤秀吉の下、世俗的野望と信仰に引き裂かれ、無謀な朝鮮への侵略戦争で密かな和平工作を重ねたキリシタン武将の生涯。〈解説〉末國善己
206284-9

え-10-8
新装版　切支丹の里　遠藤周作
基督教禁止時代に棄教した宣教師や切支丹の心情に強く惹かれた著者が、その足跡を真摯に取材し考察した紀行作品集。〈文庫新装版刊行によせて〉三浦朱門
206307-5

た-15-10
富士日記(上)　新版　武田百合子
夫・武田泰淳と過ごした富士山麓での十三年間を克明に描いた日記文学の白眉。昭和三十九年七月から四十一年九月分を収録。〈巻末エッセイ〉大岡昇平
206737-0

た-15-11
富士日記(中)　新版　武田百合子
愛犬の死、湖上花火、大岡昇平夫妻との交流。昭和四十一年十月から四十四年六月の日記を収録する。田村俊子賞受賞作。〈巻末エッセイ〉しまおまほ
206746-2

た-15-12
富士日記(下)　新版　武田百合子
季節のうつろい、そして夫の病。山荘でともに過ごした最後の日々を綴る。昭和四十四年七月から五十一年九月までを収めた最終巻。〈巻末エッセイ〉武田　花
206754-7

た-43-2
詩人の旅　増補新版　田村隆一
荒地の詩人はウイスキーを道連れに各地に旅立った。北海道から沖縄まで十二の紀行と「ぼくのひとり旅論」を収める〈ニホン酔夢行〉。〈解説〉長谷川郁夫
206790-5

よ-5-10
舌鼓ところどころ／私の食物誌　吉田健一
グルマン吉田健一の名を広く知らしめた「舌鼓ところどころ」、全国各地の旨いものを紹介する「私の食物誌」。著者の二大食味随筆を一冊にした待望の決定版。
206409-6

各書目の下段の数字はISBNコードです。978-4-12が省略してあります。

よ-5-11
酒談義
吉田健一
少しばかり飲むというの程つまらないことはない――。飲み方から各種酒の味、思い出の酒場まで、ユーモラスに綴る究極の酒エッセイ集。文庫オリジナル。
206397-6

よ-5-12
父のこと
吉田健一
ワンマン宰相はワンマン親爺だったのか。長男である著者の吉田茂に関する全エッセイと父子対談「大磯清談」を併せた待望の一冊。吉田茂没後50年記念出版。
206453-9

よ-5-13
酒宴／残光　吉田健一短篇小説集成
吉田健一
翻訳、批評から小説へと自在に往還し独自の文学世界を築いた文士・吉田健一。その初期短篇小説集『酒宴』『残光』の全一七篇を収録。〈解説〉富士川義之
207194-0

よ-5-8
汽車旅の酒
吉田健一
旅をこよなく愛する文士が美酒と美食を求めて、金沢へ、そして各地へ。ユーモアに満ち、ダンディズムが光る汽車旅エッセイを初集成。〈解説〉長谷川郁夫
206080-7

よ-17-9
酒中日記
吉行淳之介 編
吉行淳之介、北杜夫、開高健、安岡章太郎、瀬戸内晴美、遠藤周作、阿川弘之、結城昌治、近藤啓太郎、生島治郎、水上勉他――作家の酒席をのぞき見る。
204507-1

よ-17-10
また酒中日記
吉行淳之介 編
銀座や赤坂、六本木で飲む仲間との語らい酒、先輩たちと飲む昔を懐かしむ酒――文人たちの酒にまつわる出来事や思いを綴った酒気漂う珠玉のエッセイ集。
204600-9

よ-17-12
贋食物誌《にせしょくもつし》
吉行淳之介
たべものを話の枕にして、豊富な人生経験を自在に語る、洒脱なエッセイ集。本文と絶妙なコントラストを描く山藤章二のイラスト一〇一点を併録する。
205405-9

よ-17-13
不作法のすすめ
吉行淳之介
文壇きっての紳士が語るアソビ、紳士の条件。著者自身の酒場における変遷やダンディズム等々を通して「人間らしい人間」を指南する洒脱なエッセイ集。
205566-7